魔豆

玫瑰色鬼室友

My Dear Ghost Roommate

vol.3

狂靈隨行

林賾流——著
哈尼正太郎——插畫

玫瑰色鬼室友

vol.3 狂靈隨行

目錄

楔子

「小艾，這些小雞好可憐，我覺得牠們快要死掉了，有沒有辦法？動保社的人說這種被當成玩具賣的小雞養不活，我只好帶回來了。」許洛薇抱著一個大紙箱，裡面塞了二十幾隻五顏六色不斷嚶嚶叫的彩色小雞。

大二時，我正因爺爺去世的消息和主將學長殘酷的柔道訓練，對一切有如石雕般感到麻木，麻木是件好事，至少不會覺得痛，還能讓我專心奮鬥設計系的課業。

幸運的是一年級時認識許洛薇這個少了一把筋的大小姐，被她拉當室友，得以入住獨棟獨院的三樓透天老厝，只需負擔少許水電費；主要是許洛薇的父母擔心愛女獨居不安全，難得她有看上眼的室友，而我是個不跑夜店不愛交際消費又認真讀書打工、在許家父母眼中乖得不得了的好孩子，可以發揮制衡效果。

我也的確抱持投桃報李的心情努力照顧許洛薇，只要不是太過分的要求就盡可能滿足她。目睹她抱著一箱小雞風風火火衝回家時，我只當玫瑰公主這朵奇葩正常發揮。

「動保社的人沒說錯，小雞本來就脆弱，又被無良攤販這樣折騰，妳頂多養個兩、三天就死掉了。」我蹲下來打開紙箱，盯著那群大多被染色的小雞，雖說混了幾隻黃絨絨的原色，總覺得希望不大。

「小艾～妳不是養過雞嗎？妳會照顧小雞吧？」許洛薇抓起我的手不停搖晃。

「我是幫爺爺奶奶餵過雞，看過剛出生的小雞，那時我才六歲。可是薇薇妳要知道鄉下都是讓虛弱的小雞自然淘汰。」我告訴她現實並不美麗。

呆萌大小姐對街頭攤販賣的小雞心生不忍，一口氣買下抱回家這幅畫面的確很夢幻沒錯，不過也註定了後面還得有負責收尾的人。

許洛薇眼泛淚光，紅潤小嘴緊緊癟著，她倔強地說：「就算養不活也要試看看！」

那時的我倒是很冷靜地幫她拿主意。沒辦法，寄人籬下時我超有自覺的，立刻進入萬能管家角色。

「小雞很怕冷，保暖非常重要，先把燈泡和毛巾找出來。」我努力回想關於養雞的重點。

「了解！」

我把絨毛小雞姑且分成了三區，沒染色的，爪子有力比較健康的，和直覺差不多會死的，避免牠們生病後又交叉感染。還好前陣子許洛薇從社團帶回的麻雀幼鳥也是我在餵，手邊還有餵食器和大燈泡，再把檯燈拿出來暫時應付過去了。

小雞們蓬著絨毛蹲在毛巾上瞇起眼睛，像是對溫暖燈光很滿意，許洛薇捧著臉頰一再凝視，破涕為笑。

「還早呢！幼鳥代謝很快，要是牠們一直沒成功進食也是完蛋。我趁現在去弄點小雞飼料，妳留下來看著，若有叫個不停的小雞就餵幾滴溫開水給牠，剩下的等我回來再說。」我穿上外套拿起機車鑰匙，瞥見許洛薇竟然乾脆坐在地上看顧那些小雞。

「快一點喔！小艾，我們要讓每隻小雞都恢復健康！」她的笑容看起來就像那些小雞，甜美又蓬鬆，漂亮得不眞實。

——那是不可能的。有些小雞一定會死，甚至全盤皆輸最有可能。我將這句話放在心底。

幸好我們就讀的這間大學也在鄉下，附近不少人家都有養雞，我順利討到一小包雛雞飼料，探聽好雞飼料購買地點，回去後放了飼料和水誘導小雞自由取食，遲遲不肯吃的就飼料粉混水用注射器餵，總之死馬當活馬醫。

出乎我意料的是，最後存活下來的小雞居然將近一半，換過羽毛之後順利長大了，許洛薇將牠們飼養在庭院裡，當然又是我負責照顧。

「不要再撿活的小動物進來了。」不單是我照顧不完，更多是許洛薇爲那些不幸沒挺過去的小雞哭慘了，險些生無可戀跑去出家。這樣說是誇張了點，我不明白她爲何會那麼難過，但她的悲慟是眞的，最後我畫了十幾張腹肌美男才讓玫瑰公主恢復正常。

「……嗯。」

「妳還是想撿？」我沒錯過那段遲疑。

「不會了，要是養不活會很難受。」許洛薇憂慮地望著院子裡正走來走去找蟲吃的雞隻。

「妳知道就好。」

不可否認的是，還好有許洛薇的堅持，玫瑰公主雖沒派上實際用場，在她煩人的督促下，我總算是想出辦法，也達到一些成果，老房子從此多了一群咕咕叫會生蛋的家禽。

這件事讓我對許洛薇改觀，她從那些死掉的小雞裡學到凡事無法兩全，我則從倖存的小雞裡學到世事無絕對；相同的部分是，我們都很珍惜那些雞，許洛薇還說畢業後也要一直養著牠們。

那時我就離開了，她是要找誰去養？我剛閃過這個念頭，立刻笑自己多慮，玫瑰公主還怕沒有替她照顧雞隻的人？再不濟出錢找工讀生也能搞定。

誰知畢業前夕許洛薇從中文系館樓頂一躍而下，玫瑰公主的時光從此凍結，而我則繼續住在老房子裡和她遺留下的一切爲伴。

Chapter 01 / 優良搭檔守則

秋雨綿綿的十一月，我整天待在醫院裡無事可做，頂多就是幫忙學長買些吃食，連衣服他們都自己洗了。刑玉陽養傷時還不忘督促我抄佛經；許洛薇則是不停報告醫院各處靈異地點，這裡藏了一頭那裡藏了三隻之類，醫護八卦更是令她樂此不疲，直誇急診處比八點檔還好看，至於刑玉陽住的這間病房當然很乾淨。

等刑玉陽一出院，我就要掩護行動不便的他進軍戴佳琬老家，因此我們趁鄰床病友都不在，直接在病房裡開起作戰會議，上帝阿拉佛祖保佑，這次一定要找出眞相，否則還會有更多人死去。

先是鄧榮，然後是吳耀銓，這兩個傷害過戴佳琬的神棍相繼慘死。鄧榮在屏東山區吸毒過量自殘喪命，吳耀銓則在看守所內上吊自殺，隨即發生刑玉陽被人惡意推下月台的意外，這些事全落在戴佳琬死後頭七內，更讓人感覺其中有些瞧不透的因果淵源。

原本只死了兩個神棍還可以想成女鬼復仇，刑玉陽一出事，意味著情況沒這麼單純，有可能還會更糟，許多原本能順理成章推敲的跡證都變得撲朔迷離。

「戴佳琬的死因總是讓人想不透，表面上太多理由都能讓她去死，但她心裡到底怎麼想，我們誰也不明白。」我說。許洛薇甚至推測戴佳琬喜歡刑玉陽，生前自慚形穢，死後卻想拉他作伴，才有了那起跌落事故。

刑玉陽看著我若有所思。我不安地問：「這次不關我的事吧？」

他不反省自己做了哪些招人怨恨的事，卻盯著我的臉一副「施主妳流年不利印堂發黑大大滴不妙啊！」的玩味貌，身爲被認證的學妹和搭檔，蘇晴艾表示非常不安！

「我們目前假設的方向，就是有個惡鬼殺了那兩名神棍沒錯？」我小心翼翼確認。

「過來。」他遞給我一把水果刀。

「做什麼？」不清楚他的用意，難道是送我一把＋9祝福小刀嗎？

「割破指尖給我兩滴血。」

我馬上反彈，「嗄？不要啦！會痛耶！」

他對著我挑眉冷笑，收回刀，表示那句要求只是做做樣子嚇唬我。「只是要妳主動刺個指頭都不容易了，何況暴力自殘？比起死因，『死法』的問題更大。死去的三人裡，就有兩人形同虐殺，而且表面上都是自殺。鬼沒有肉身，我聽妳說過許洛薇相當受附身對象的官能和情緒影響；換句話說，妳痛時鬼比妳更痛，而且程度可能是幾十倍。這就是爲何直接操控被害者自殺的怨鬼報復不流行，大多還是變著法子陷害致死。」

「那我的冤親債主蘇福全是怎麼回事？」上吊的吳法師姑且不提，直接性侵戴佳琬的鄧榮死法相當恐怖，血肉模糊，某些部位還刺爛了，就算想殺人的厲鬼也有自保本能，不會把自己投入到傷敵一百自損一萬的程度，刑玉陽是這個意思？

「你沒發現蘇福全選的都是快速致命的死法嗎？痛個幾秒和幾分鐘可是天壤之別，操控上的難易度也是。」

對耶！我就是利用疼痛掙脫冤親債主的控制，要是鄧榮第一下就痛醒，那就不會有虐殺。

墜崖，墜樓，臥軌，只有疑似第一個受害者蘇福旺的長子是掉進糞坑淹死，蘇福全搞不好就是那時吃到苦頭，不敢選其他複雜折磨方式，否則以那老鬼的扭曲性格，不玩死我才奇怪。

「那如果有的鬼就是不怕痛或者真的喪失感覺了呢？」

「妳的冤親債主死了一世紀以上，貌似每個世代也只能直接附身殺死一個人，猜得寬鬆一點可能就兩、三個，看來來自被附身者的強烈衝擊需要時間復元。」

好像有道理，如果蘇福全能像手機一樣快速充電再找下一個，蘇家早就陣亡了。

「鬼有鬼壽，鬼死為聻。」刑玉陽在便條紙上寫下那個奇怪的古字。「根據我朋友的研究，經常附身做壞事的惡鬼會因為不去陰間接受庇護投胎，加上業障纏身墮轉為更低等的雜靈，連當鬼的資格都沒了，當然也喪失了生前為人才懂的感覺。」

我默然。刑玉陽說的正是我之前隱隱擔心放任許洛薇自生自滅後最壞的結果。

「直接附身殺人這種事一定時間內有額度限制，同樣是厲鬼，照理說，新鬼的額度小於舊鬼，而我們這邊有妳提供蘇福全的案例當比較基準，快要變成魙的鬼確實有可能因爲麻木而大開殺戒，但別忘了退化的部分也有思考和行動能力，或許妳的冤親債主會退化到忘了自己是誰，也認不出妳，更別提復仇，總有一天會自然消滅。」刑玉陽避開天馬行空的想像，只採用最單純的已知事實去比較，聽起來說服力的確不小。

蘇福全不殺那麼多人不見得是能力不夠，還包括他要減緩業障侵蝕的速度，盡可能地糾纏蘇家，而老符仔仙對殺人感到忌憚也是因爲報應眞的會直接銷毀一隻鬼。

「最好是。但蘇福全都過了一百多年還這麼囂張，殺那麼多人卻沒事，難保這次的敵人不在乎鬼壽用盡，打算一次拖全部人下水，而且時間很夠用，搞不好這樣也有好幾年讓那隻惡鬼周旋。」我說。

其實蘇福全也不算沒事，一個二十歲就死去的青年，魂魄卻已衰敗得很嚴重，不過他依然微妙地保持著一種瘋狂又惡毒的清醒，以及針對蘇家人的卑鄙復仇模式。

一個世紀來害死這麼多人，卻也只是讓他鬼身的外貌變得衰老噁心——用陰陽眼直觀後的確如刑玉陽推測的，退化發生了，但還不夠徹底，蘇福全依然能遊刃有餘地弄死我。

很矛盾，如果沒有新的犧牲者造成更多業障，貌似他的全面崩潰之日也不會馬上到來，等於說蘇晴艾堅持住，那隻厲鬼也會繼續存在，接著就是比誰先垮了。

只要有我這個蘇湘水的直系後代吸穩仇恨，蘇福全應該不太會跳過我隨便攻擊蘇家其他後代；我假設他的殺人扣打不多了，這個偏執瘋子一定會選在還能行動時殺最想殺的蘇家人。

照歷史脈絡看來，熱門受害者如非蘇福旺直系子孫就是族長，不知怎地我更受冤親債主青睞，我也打定主意要用力反殺回去。

「刑玉陽，你不能請那個朋友幫忙嗎？」我從椅子上站起，原地踱步了一會兒，末了還是問出這句令我有點糾結的話。

一來我們都很窮，二來這事有風險，我並沒有一開始就理所當然地想到依靠刑玉陽的靈異人脈，畢竟天底下沒有白吃的午餐，萬一出事你拿什麼賠償人家？

只是從刑玉陽的隻字片語中，我知道他有些可能在修行的朋友，或這些人的親友是法師道士之類眞正懂捉鬼的專家；反之，可說刑玉陽只是「專家的朋友的朋友」這種靠邊的關係，不會無故輕易去碰撞靈異事件，畢竟光混口飯吃就夠忙了。

證據就是，刑玉陽的鬼怪知識大多只是聽說，避不掉的才是他的親身體驗，雖然沒少受過非人的捉弄，大抵是間接騷擾，而刑玉陽顯然是不給附身的，關於附身見聞反而是我提供他不少細節。

從某方面來看，能夠避免麻煩的才是強者，這次主將學長似乎很擔心刑玉陽，他可能是第一次陷入這種難以調查又明顯高度危險的情況，以兩人青梅竹馬的鐵交情，主將學長估計刑玉陽無法靠自己應付很可能是眞的。

「那個朋友去大陸了，歸期未定。如果敵人不想讓我看見，我去廟裡問事還不如靠自己，反正從小到大老媽帶我求神問卜，對方都是天機不可洩露，再不然就是遇到神棍胡謅一通，無論問哪邊都是白問。」刑玉陽很有經驗地放棄抱神明大腿。

「爲什麼！」我不得不驚訝，刑玉陽這顆白眼應該是天命象徵吧？

「某種磨練？」他嗤之以鼻。

「有可能喔！」我立刻轉換心態。現在刑玉陽應付鬼怪的能力自然是不怎麼樣，未來包不準他哪天開竅或高人前來認徒，我就多了條專業人脈囉！資質擺在那邊，可不能浪費了。

刑玉陽告訴我，他和朋友合作時本來就會制定信賴原則，我這個有前科的菜鳥更必須加強規範。青年認眞的表情彷彿警告，若我再騙他或任性自作主張，這輩子都不會再有下次了，我不禁正色以對。

我知道這個男生的信任是不易掙的，目前爲止他相信的不是我，是主將學長。話說回來，我也不是很容易相信人的類型，但因爲是主將學長的好朋友，加上他的表現令人信服，我從沒想過懷疑刑玉陽。

或許我們都不想讓主將學長失望，我想和刑玉陽對等合作，就必須證明我有自制能力還能互相配合，刑玉陽還在記恨我私自喝符水，看起來就是很不相信他加上腦包才會做的事。

□

刑玉陽出院前夜，一個從急診處溜上來的急性精神病患悄悄潛進病房企圖襲擊他，被刑玉陽撒了滿頭淨鹽，並要主將學長將人押進浴室裡沖水；那人在鹽水流遍全身時淒厲慘叫，病友都驚醒了。

這樁意外發生在我的休息時段，我得負責陪刑玉陽回家，他出院前的時間自然由主將學長戒護。我赫然發現，醫院裡到處是身心脆弱的容器，於是對刑玉陽起在大清早走人舉雙手雙腳支持。

我私下懷疑另一個讓刑玉陽落荒而逃的原因是，那精神病患的家屬叫他大師，還堅持塞紅包聘他「驅邪」，原因是病患被鹽水一洗加上主將學長的壓制竟好了四、五分。但刑玉陽說有病就要看醫生，衝擊帶來的清明效果撐不了多久。

急診離住院大樓有段距離，不可能是隨機攻擊，我懷疑想謀害刑玉陽的鬼刻意避開我和許洛薇的注意，表示那隻鬼或許知道我偶爾能見鬼的特殊情況，和許洛薇身爲厲鬼的危險性。

戴佳琬生前應該不知我的小祕密，死後更沒有對我感興趣的理由，反觀老符仔仙的嫌疑愈來愈大了。

「如果敵人附身在活物上，許洛薇就看不見對方的眞面目了，頂多是從力量變化感覺出目標可能被附身。」火車上，我與刑玉陽有一搭沒一搭地聊天，就算有無聊路人偷聽，也只會覺得我們在討論遊戲或電影之類，刑玉陽更是全程戴著墨鏡開白眼。

其實這樣運用能力是很累的，不只是白眼本身，利用白眼去觀察、過濾環境訊息更是心神疲勞，就像同時打開滿桌參考書；相較之下，好友限定的陰陽眼眞是讓人省心。

許洛薇和我們一樣看不見附身時的鬼魂這點相當耐人尋味，肉身好比鉛衣，即使是鬼魂有X光眼也沒用，更何況通常鬼能看見的東西比活人還要少得多。

眼耳鼻舌身意，心肺功能停止時六根至少斷了五根，有的鬼或許能靠執念強接回來，然而，成爲懷有某種強烈目的的新鬼後，這種死後再度恢復的感官通常都非常不對襯，比如鬼能「看見」仇人，能「聽見」路人的說話聲，但感受程度一定不會和我們一樣。

刑玉陽說鬼魂官能異常的情況難以想像，聽完理論之後我稍微懂了。

惡鬼最強的是執念，執念可以讓許多詭異狀況成眞，或者至少栩栩如生，包括和生者取得聯繫，反過來迷惑活人的感官。

現場就有個紅衣女鬼可以訪問，我嘴唇微開低語：「薇薇，妳聽到我說話嗎？」

貓咪外出籠內飄出一句女聲：「可以呀！」

據說許洛薇的感官能力非常接近活人，她可以聽清楚別人說的每句話，我看得見的東西她基本上也能看見，只是觸覺還是比較敏感，一陣小雨或小水溝的水流對她來說可能是洪水暴發。

別以爲這種死後感官差異沒意義，這可能就是鬼魂附身能力高低的關鍵。緊急時刻許洛薇能聽見我的心聲，這種聯繫是否因爲頻繁附身才有的，我就不明白了。

回到「虛幻燈螢」後，我自動自發幫刑玉陽打掃店裡、搬重物，反正任何舉高和動到肩膀的動作他現在都很無能，我和主將學長嚴格禁止他逞強留下病根，安全回報的好處是我隨時能跟主將學長告狀。

撕下刑玉陽要我代貼店主受傷住院的道歉啓事，他開始恢復白天的下午茶生意，但暫時縮減營業時段便於養傷與思考對策。

咖啡館雖然生意清淡，打平收支後還小有盈餘，歸功於建立了中高齡熟客族群；此外鄰近高中大學院校的學生因燈光好氣氛佳店長帥，喜歡選在「虛幻燈螢」讀書開會家聚，也是一道固定客源。不過刑玉陽不在乎翻桌率，導致營業額沒有很亮眼，僅勉強符合細水長流。

這間店的經營方式和刑玉陽這個人基本上可說有生意常識，然則更懂得生活，要不是有貸款要還，刑玉陽搞不好根本懶得天天顧店，但看到那堆專業書籍和咖啡工具，還有幾座咖啡沖煮比賽獎牌，誰也不能說刑玉陽沒爲謀生苦心鑽研過。

過了幾天，他的傷勢恢復得更穩定後，我們總算能結束被動挨打的狀態，挑了個生意普通的平常日用復診藉口關店休息，到戴佳琬老家調查。

這次爲了兼顧機動性和路上商量事情方便，我們合騎一輛機車，刑玉陽的老野狼載人不舒服，加上我不會騎檔車更不想讓傷患載我，於是我們商量好代步工具用我的機車，由我載他，他想騎車起碼還得再等一個月。

這事他沒跟我爭，畢竟載人多出一份風險，刑玉陽手臂無法自由控力，就不會爭無聊的面子讓我跟著冒險，從這一點我也看出武術高手保護人的慣性。

小花則交給殺手學弟照顧，順便雞也請他幫我餵了，調查鬼怪謎團的事我暫時瞞著殺手學弟，只說要去桃園看朋友。

許洛薇則化身仙人掌小盆栽躺在我的背包裡。

「如果戴佳琬的自殺眞的與邪術有關，從她雙親口中套話和再度調查事發現場就有必要了，說不定能找到遺漏的線索。」趁著看地圖找路的空檔我對刑玉陽說。

刑玉陽瞟我一眼。「我之前就在找了。」

「而且還找到警察沒發現的錄音筆呢！多個人多份助力嘛！我們那方面的視力比你好。」基於戴佳琬在司法調查中的確是自殺結案，錄音筆裡也沒錄到對警察辦案有幫助的內容，主將學長沒要求我們交出證物，我更堅定了自立自強的覺悟，畢竟靈異這種事還眞不能靠警察——主將學長另當別論。

有刑玉陽的引薦，我也能堂而皇之進入戴佳琬的房間囉！

「反正主將學長也支持我和你搭檔，你就別嫌棄了，還有，只叫學長很見外，我可不可以加個稱號？」我蠢蠢欲動想把小白學長的暱稱重新給刑玉陽安裝一下，他看起來本來就比主將學長小。

「不必。」刑玉陽一眼識破我的不良企圖。「另外，鎭邦不反對的原因是要我盯緊妳，放妳一個人就沒好事，體力活差遣妳去做還行。」

「主將學長眞是英明神武。」有些事明知不妥，我也不會因爲違了主將學長的意就不去做，但這不表示我不在乎他的觀感，反正只要主將學長別對我生氣就好。

換作以前，我還能安慰自己蘇晴艾算哪根蔥？擔心人家會爲妳生氣臉皮實在太厚，如今主將學長親口承認我是他最信任的學妹，總覺得像是被上了手銬。

我這人就像面鏡子，許洛薇這樣說過。別人不在乎我，我也不會在乎他；若有人在乎我，我就會放在心上，只是我這人實在沒多少吸引人在乎的部分，省略交際應酬的麻煩也挺好的。

「妳這點毛病我們還能不清楚？」

「學長。」我遺憾地叫喚。

「幹嘛？」

「我想戴佳琬一定很慶幸當初有去找你，你臉上裝酷，身體還是很誠實地做好事，老天爺一定會保佑好人，放心地依靠我的柔道吧！」

哈哈！是時候證明柔道也能carry合氣道了！

刑玉陽用左手輕鬆地施展三教，捏著我的指尖一轉一頂，我頓時感覺整條筋都被他抽緊了，一陣劇痛逼我踮著腳尖向上躲，像氣球一樣繞著他邊叫邊跳。

路邊小妹妹不要看，我們不是手牽手跳舞，姊姊一點都不開心！

□

戴佳琬的遺體在殯儀館待到頭七就直接火化了。

據刑玉陽說，戴佳琬的姊姊沒參加葬禮，和家人關係不睦，平常住在外縣市，刑玉陽也只在她接送戴佳琬進出精神病院時見過她。

聽完錄音筆內容後，我毫不意外這個家裡有個早早出逃的成員，戴佳琬沒向她姊姊求援，不是那個姊姊自顧不暇就是感情不好。

伊人已逝，如今葬禮結束，刑玉陽要找藉口到戴家走動就更困難了，不過這點自然難不倒我們，至少這一次用錯過公祭的理由前往靈堂追憶毫無問題，刑玉陽更提出要爲戴佳琬的亡靈助唸佛經，得到戴家父母迭聲歡迎。

戴佳琬的自殺行徑讓老家成了凶宅，更別說她選擇上吊的位置就是天天出入的客廳，死狀又凶惡怪異，與其說觸景傷情，不如說觸景驚嚇更貼切。戴家父母一開始還勉強住了三天，後來似乎聽到怪聲便改住旅館，隨即轉移到親戚家，看來兩個人都是容易自己嚇自己的類型。

虧刑玉陽還很期待發現戴佳琬而前去蹲點，可惜沒有進一步發現，因爲他在火葬的前一天就被推下月台樓梯。

除非作賊心虛，否則爲何會害怕女兒的亡靈？換成是我才不介意爸媽回來，甚至希望他們當面對我交代死因，若能知道去哪兒燒掉冤親債主的老巢更好了。可惜不知是業力轉移還是緣分不足，目前死去親人並沒有回來找我的跡象，有的只是殘留在故鄉的思念。

「阿陽啊，伊是不是擱在怨恨我？我只是管教自己的囡仔，伊那欸如此不識代誌？」戴父對刑玉陽訴苦。

我這個「大學時代的好朋友」乖乖坐在一旁，等著許洛薇的搜查成果，同時觀察各處。

「伯父，佳琬只是生病了，這種病本來就容易發生憾事，不是誰的錯。」這個時候刑玉陽當然只能這麼說。

「你也同款很傷心對不對？」戴父又問。

刑玉陽露出一個彷彿苦笑的表情，並未正面回答，幸好戴先生沒有很在意，隨即又提起想將房子脫手，卻又捨不得用老本購入的市區公寓被砍價，甚至根本賣不出去，就算想到鄉下居住，像「虛幻燈螢」那樣的漂亮農舍又買不起云云困擾。

總而言之，戴家父母老年生活完全被打亂了，連待在家中都心神不寧，不得不說戴佳琬的報復相當有效。

「請問伯母去哪兒了？」刑玉陽問。

今天是戴先生來為我們開門，還是事先和他約好時間，他才從親戚家趕過來。

「辦好喪事後伊身體不舒服，甘捏係乎沖到了，直接回娘家休息。」戴先生不安地說。

「或許只是操勞過度。」刑玉陽耐心地安慰。

他這招厲害，要是我們滿口附和戴母被煞到，戴父搞不好會懷疑我們別有用心，但刑玉陽用一般常識解讀，已經開始疑神疑鬼的戴父反而會想說服我們他的見解沒錯。

「你毋知啦！半暝有怪聲，小琬的房間門還自己打開，擲筊問伊是否心願未了都是怒笅。」

戴父努力在我們面前保持威嚴，但超淡定的我們和神色驚慌的他落差實在太過明顯，以至於戴父忍不住問了一句：「你們不害怕？」

屈此我不得不佩服刑玉陽的心計，他要我等戴父主動提起靈異話題或對往生者的疑慮就順藤摸瓜給他下暗示，這下連刑玉陽先做球都免了。

我拿出提袋裡的一疊佛經嘆息道：「我以前有過類似的不好經驗，到現在還是每天都要抄經，學長也信佛，不管佳琬有沒有回來，我們都想爲她誦經祈福，把功德迴向給她，希望她能早日投生好人家。」

刑玉陽又用看神棍的眼神掃過來，我難道有說謊嗎？

戴父大爲感動。「你們兩個年紀輕輕就有這種定性眞是不簡單。」

關於這男人的心態我也不是不能猜測一二，死去的女兒疑似徘徊不去，卻沒有造成明顯危害，找法師驅邪傳出去不好聽，但不找人處理又毛骨悚然難以安居，我猜他最後還是會請法師來私下作法，就算是自我安慰也好，現在只是拿捏不定還在掙扎，會向我們兩個小輩訴苦也是希望有人推他一把。

當然以刑玉陽的白眼來看，戴佳琬根本不在這裡，屋裡有鬼可能只是戴父的負面想像，就像他過往被委託檢視問題物業，有九成五除了蟑螂壁虎以外什麼都沒有。

爲此刑玉陽還給了個結論，非人說不定也覺得出過事的地方不乾淨，事主都消失了也不太愛進駐。

「伯父，我們誦經迴向可能會花好幾個小時，請問你也要一起嗎？」我客氣地問，事實上他在不在都不妨礙我們想在這間屋子待上一段時間的目的。

由於晚上作業更方便，我們吃過晚餐才拜訪戴家，算一算爭取到的誦經時間還能撐到午夜呢！

「阮擱有代誌，鑰匙你們拿著，回去時把門鎖好，下次再還。」戴父飛快說完就溜了。

我愣在原地，這像小強一樣的撤退速度是哪招？

「他還眞放心讓我們兩個外人待在這裡耶！」我抓抓頭毛說。

「他都想要放棄這間屋子了，自然不會留值錢物品在這兒，對我也算知根知底，否則妳以爲凶宅這麼好查？」刑玉陽和戴父搏感情自爆個人資料正是爲了獲取信任。

「但他還暗示你下次再見，是說有這麼欣賞你嗎？你跟戴佳琬連男女朋友都不是。」我覺得怪怪的。

「大概是爲了替自己預留後路吧？」

「什麼意思？」

「萬一女兒的心願是冥婚，提前討好目標對象也才有那個臉皮開口問。順帶一提，冥婚不是指戴佳琬有這種興趣，而是她老爸對於解決問題的想法太沒新意。然後，他還困擾到底是直接找女兒的前男友家屬提議冥婚，還是找我這個後來居上看似曖昧的心上人。」刑玉陽從先前頭七相處時戴父隨口提到的冥婚兩字推測道，看來當時戴父的表情語氣已經出賣自己了。

「你一說我居然覺得很有可能。」我對那個父親到死都認爲戴佳琬需要被男人管感到無奈。

「比預期要順利，我們可以待到天亮，先到處調查看看，小心不要留下痕跡。」

「你在懷疑什麼？」我敏感地問。

「確定這間屋裡沒有活人被附身的跡象。」

「戴佳琬不是自殺的嗎？你不是說附身操控會被人體影響，惡鬼不會這麼自虐。」已經夠恐怖的死法再放大幾十倍痛苦，我不敢想像，反而是主將學長說戴佳琬以死洩怒比較像眞的。

「既然都來到現場了，順便再確認一次更好。」

「也對。學長，冰箱後面和櫃子底下我可以找，高處縫隙就拜託了。」

「妳還沒睡醒？」

「萬一鬼縮小，陰陽眼又不是透視眼。許洛薇就常說遇到危險可以用這招。」事實上她也用了，跟著我去刑玉陽的店又不想被他看到時就變成拇指姑娘，命令我找機會將她放在吧檯死角方便聞咖啡香。

平常尺寸她都走得搖搖晃晃了，可以想見縮小更是增加行動困難，我和許洛薇都認爲這招很萌，即便如此，要縮到和原本差異甚大的尺寸也得經過一番苦練。

「只有沒修行和時運低的陰陽眼會被騙，有修行就可以正式開眼靠魂光找。」引用專家說法又來了。

「那你有修嗎？」

「沒有。」

「幹嘛不修啦！」這樣我也能沾光啊！

「敬鬼神而遠之，我要還貸款很忙。」

太有道理了以至於我不知該說什麼才好，換成我大概也是一樣的選擇，看得見許洛薇就夠了，我才不想看見其他缺手斷腳的死鬼，能忽略就忽略。

我特意繞過吊扇下方，走進戴佳琬房間前還敲了敲門，下意識唸過幾句佛號才進入搜索，果然就像主將學長所說，房間氛圍令人難以愉快，窗戶甚至用膠帶全封住了，非常神經質。刑玉陽多次搜索沒有新發現，雖然很想但我還是無法超越他。

對了，許洛薇現在不在這個家裡，我讓她到附近恐嚇孤魂野鬼……打聽戴佳琬的亡靈是否眞有回家，以及她初死時的情形，否則有許洛薇跟在旁邊，遇到其他靈異的機率直線下降，玫瑰公主好像眞的很殺。

我走向玄關，想去外面透透氣，彎腰取鞋時卻不經意在鞋櫃表面發現一處半個巴掌長的刮痕。我將手掌放在那刮痕上比劃，痕跡很新，想不出所以然，又覺得自己因刑玉陽的話開始大驚小怪，好像非得找出什麼去向他獻寶的衝動很蠢。

左思右想，還是找不到刮痕和戴佳琬之死的關聯，更有可能只是老家具的使用痕跡，現實不像名偵探柯南的命案現場，任何一點小擦痕都是行凶關鍵證據。事實上，正因爲戴佳琬選了刺頸上吊，現場噴灑的血跡排除了第二人存在的可能——沒有人能布置這一切後還乾淨淨從現場逃逸。

壓下過度疑心的違和感，我攤開《藥師經》唸誦，我們本來就打算替戴佳琬誦經，刑玉陽還不肯放棄，我就先來做這部分的功課好了。

這個家的確有股陰鬱痛苦徘徊不去，或許這些氛圍是我過度移情產生的錯覺，我不是靈能力者，更不懂感應靈場之類的技能，但發生在戴佳琬身上的壞事卻是千真萬確。

我也曾一個人待過黑暗的房子，導致到現在都還有點奇怪後遺症，戴佳琬生前住在這裡時的心情一定更加恐怖。

即使打開所有燈光，家中彷彿還是一片漆黑，充滿窒息感。

□

一陣漫長沉悶的黑暗消散後，我張開眼睛，回到過去熟悉的小房間。

第一個反應覺得「回到」這個想法有點怪怪的，但我沒繼續深思，畢竟每天媽媽將我從小學接回家後，我就習慣窩在房間裡畫畫，九九乘法表書桌、貼滿貼紙和夜光星星的組合櫃、粉藍色點點床單，一切都是我熟悉的擺設。

我的小城堡。

那時候我認爲大人有房子住理所當然，殊不知父母靠著過往積蓄和向家族借貸才咬牙先買下一間三房一廳一衛的老公寓，拚命工作是爲了還款，雖然欠家族錢不用負擔利息，但也正因爲如此才丟不起這個人。

那個小女孩蘇晴艾心情其實有點憂鬱，她習慣鄉下開闊空間、乾淨的水與風，以及親切人們，乍然住進都市小公寓感覺很悶，但新學校、新同學，以及能天天見面的爸媽，讓我又沒那麼難過了。

爺爺奶奶和親戚都說小艾很乖，爸媽也說小艾好乖，我喜歡聽大人的稱讚，這表示他們會對我很好，即使他們很少對我不好，但我不喜歡被罵被打，或是被嫌惡的眼神瞟著，村裡有些大人就會對自家小孩這麼做，我寧可保持目前的優勢。

我在不懂「未雨綢繆」這句成語的意思前就非常擅長事前計畫。

做哪些小事容易討大人開心，什麼程度的搗蛋不會讓自己眞的被罰，爺爺喜歡活潑點的小孩子，我就敢爬樹、抓蝌蚪；媽媽不喜歡小孩子亂跑，我改趴在書桌上畫畫，一樣都是喜歡的玩耍消遣。

我最常畫的是有個公主住在城堡裡，穿著華麗的裙子，四周開滿玫瑰花，看起來很棒吧？有時候畫膩了，公主也會拿起寶劍砍砍惡龍，站到屋頂上摘月亮，或坐在城垛上看書之類……

我有點渴，想找點飲料喝，走到房門處卻忽然頓住，渾身湧起想從門前跑開的巨大衝動，恨不得躲到床底下。

「不開門就沒辦法從這裡出去呀！」我不滿地對自己抱怨。

不能開，不能開，不能開……愈來愈僵硬的身體發出警告。

繼續待在這個小房間感覺也很不舒服，必須出去。

那扇門宛若要擠進房間般變得有點大了，我忍住強烈的不情願握住門把。

打開，跨出去。昏暗的燈光，陌生的擺設，不是我的家，我在哪裡？

由於那樣東西掛在吊扇下一動也不動，乍看像某種雪白光滑的新穎藝術家具，我過了好幾秒才意識到眼前擺設不太正常。

爲什麼那個女生會沒穿衣服掛在客廳中央？

她身上滴滴答答流著液體。

我沒有動，視野卻晃了一下，我和她之間的距離好像縮短了。

冷汗一顆顆滾下我的背，口水積在舌頭下面，我忘了去嚥，嚐起來有點冰涼。

背後房間何時消失？我幾歲了？我是不是在作夢？

我知道她是誰，快想起來！做些什麼！「戴……」

她動了，像是脖子被勒得太緊，不舒服地扭了扭身子。

我隱約有些話想對她說，卻不記得要說什麼了，只剩鋪天蓋地的恐懼推擠著要我立刻遠離這裡。

我們之間的地板冷不防又縮了三公尺，我瞥見她正在流血的脖子，那裡有兩道將近一吋寬的深紅傷口，相隔很近，原來她還不只刺了一下。

看不到她的臉，也不能看她的臉，對上眼睛就糟了，我在理智斷線前捕捉到這個意念，握緊拳頭閉上眼睛。

雙腳踩在水窪中，溫暖黏膩的觸感激起一陣噁心，頭頂卻被吹了一口氣，我下意識睜眼，鼻尖卻貼著一張眼球突出、舌頭垂在嘴唇外、五官呆滯的臉。

她的眼睛瞪得異常大，缺乏絲毫光澤神采，幾滴鮮血濺在睫毛和眼皮上，瞳孔化爲擴張的黑洞，映著我不安的表情。

繩子變鬆了，那具赤裸染血的女體降了一點，掛在離我不到一個手掌距離的位置，垂下的雙臂彷彿隨時要抬起來抱住我。

我發出淒厲尖叫。

Chapter 02 /

陪家屬談人生

「薇薇——許洛薇妳在哪裡！我看到她了！她！那個、死掉的——」我從枕頭上彈了起來，蹲跪在床上拱腰舉手備戰，瘋狂地呼喊好友的名字。

「我在這！我在這！」一道紅影閃到床前，許洛薇一臉驚訝。「妳作惡夢？沒事了，醒醒！」

我喘著粗氣，心跳飆上一百八，全身血液幾乎都灌進大腦，霎時有些暈眩，這時除了許洛薇，誰敢靠近我，我立刻揍死他！

「跟我說一遍：『我在作夢，我醒了，我愛腹肌，腹肌power！』」許洛薇用雙手握住我的手腕認真地說。

「我在作夢，我醒了，薇薇妳這萬年色鬼！」我終於醒了，很感謝有她在我身邊。

「呿！」沒拐到我，紅衣女鬼很失望。

房門外傳來扒抓聲，差點嚇死我的毛，幸好門外小花馬上喵了兩聲，大概是聽見房裡的動靜前來討食。

我二話不說打開門，抱起小花又坐回床邊，懷裡多了隻毛茸茸的溫暖肉體，心裡踏實許多。許洛薇一屁股落在我身旁，迫不及待問我作了什麼惡夢。

我還來不及回想，〈滄海一聲笑〉鈴聲大作。

許洛薇與我先是瞪向散發冷光的電腦螢幕，再對望一眼，她在肚子前比了個愛心，附在小花身上跳離我的懷抱，朝我翹起尾巴搖了搖，意味深長地喵了一聲下樓。

意味深長妳個頭啊！回來！不要留我一個人面對主將學長！

她在旁邊我就能很自在地和主將學長東家長西家短，許洛薇一定是故意的！迄今我對主將學長的便服裝扮還是有些適應不良，總覺得主將學長就該包著柔道服。

除非長時間外出，否則我的電腦必須二十四小時保持視訊軟體上線暢通，並將鏡頭對著房門記錄進出情況，三不五時說說通關密語報備行程，好讓主將學長對我的神智把關，這是我被老符仔仙催眠過後學長訂下的安全措施。

一旦他認為我反應不對勁就會立刻打電話確認，我要是十五秒內沒接，刑玉陽就會過來了。主將學長很有可能看到我半夜甦醒驚慌失色衝到房門前抱小花的模樣。

「到鏡頭前面讓我看清楚。」主將學長劈頭命令。

「學長，我只是作惡夢。」我弱弱地澄清完，還是乖乖坐到電腦前，戴上耳機準備對話。

這完美包覆雙耳的觸感，清晰的音質就像某人在我耳畔說話般，正是我那不到兩百塊的廉價耳機陣亡後許洛薇逼我替換的玫瑰公主耳機，上面還有請人加工的個性化紅薔薇裝飾。

名牌貨的麥克風功能也一樣高端，真是自作孽不可活。

「夢見什麼？」主將學長剛下20-02的班，貌似沖過澡準備睡覺。

直到和主將學長一起輪班照顧刑玉陽住院，我才知道基層警察一天要工作十二個小時，有時還拆班，休息時段也不規則，人數都不夠用了，長官還要求男警得陪女警巡邏或共同執深夜勤，這樣都還擠得出時間支援我們調查靈異，不愧是神人主將。

「戴佳琬。」我吐出那個名字後，後悔沒把枕頭抓過來一起抱，胸口滲得慌。

主將學長沒馬上追問夢境細節，靜靜地等著，插在玻璃杯裡的玫瑰已經完全綻放，在夜裡散發芬芳。自從許洛薇回歸後，我爲了生前狂戀玫瑰的她加強照顧庭院裡倖存的黃玫瑰，就是爲了能多剪幾朵給她聞香，豈料她只對咖啡有反應。

我盯著隨時可能散落的嫩黃花瓣，這時，主將學長忽然開口了：「妳方才爲何喊『許洛薇』這個名字，她不是去世了嗎？」

救命！他還是聽到了。

許洛薇是令人過目難忘的大美女，也是孤僻的我唯一能正常交往……不，應該說過度依賴的對象，她還贊助過柔道社不少飲料點心，全柔道社的人都認識這個校園紅人，更別提她的目標就是主將學長（的腹肌），有意無意進入對方視線範圍那是一定要的。

哪怕距離她墜樓而死已過去了兩年多，我仍然住在當初和許洛薇同居的老房子裡，主將學長一開始就知道這件事。

他會擔心根本不意外，忽然聯絡我幫忙抓神棍，大概也是更早前就留意到我獨自寄居亡友家的不正常生活還在持續，想有個見面的理由關心我。雖然我眞的走投無路，但碰到白住話題總是困窘想死，恨不得變成透明人。

主將學長對柔道社外的平民沒興趣，更別說當時他已經有女友，上一秒之前，許洛薇對主將學長而言只是某個學妹的好朋友，記得是記得但沒有更多了，不能讓他懷疑許洛薇就在這裡！

「我睡糊塗了，以爲自己還在讀大學，薇薇住在樓下，嘿嘿……」我乾笑兩聲後笑不出來。

直到現在，我依舊很難產生許洛薇去世的實感，她是個鬼，但某種意味上又活生生的，至少對我而言如此。

「隨時打電話給我，不需要客氣。」他說。

「如果有必要的話，謝謝學長。」主將學長人實在太好了，我有點怕他過勞死，畢業的柔道社員也不少耶！沒事我還是不會麻煩他，做人要懂得節制。

雖說會哭的小孩有糖吃，但我更喜歡將難得的緣分和友情省著用，至少在我需要希望的時候大家都在。

「小艾，我是認眞的，妳這樣一個人住不太安全。」

我差點說漏嘴自己不是一個人的事實，「不會啦！刑學長住那麼近，騎車十分鐘就到了。刑學長那邊還好嗎？」「虛幻燈螢」的位置嚴格說來位於我們的母校與隔壁鎮之間的郊區，田間小路四通八達，懂得抄近路後與許洛薇的老房子之間距離的確不遠。

「凌晨兩點半，他零點零七分就睡了。」

是說學長你對刑玉陽的作息好清楚，果然有公平監視我們。

然後主將學長仔細問起嚇醒我的惡夢，我和盤托出，在視訊視窗中，他的眉頭愈皺愈緊，銳利的大眼睛也瞇了起來。

「方才在惡夢裡我好像只有小時候的記憶，最讓我害怕的不是戴佳琬還會動的淒慘死相，而是我不記得你們，一個人不知道怎麼辦才好……」說著說著淚水湧出眼角，還好我發現得早，在眼淚掉下來前就轉頭抹掉了。

我才不要在主將學長前面哭，要當他的學妹沒有實力起碼也要有點骨氣。

「小艾……」他嘆了一口氣。

「學長？」

「頭靠過來。」

「?」我一頭霧水照做，心想主將學長不會被我的大餅臉嚇到嗎?瞄到一隻大掌也在這時籠罩螢幕畫面，晃動了兩下，然後又是主將學長端正的坐姿。

隔空拍拍?

「心情有好一點嗎?」

「有。」我呆呆地回答，不如說是被嚇好的，主將學長居然會做這麼可愛的動作，畫風不太對。不過他都會陪失戀的學弟去吹海風了，把他幻想得太魔鬼是我不好。

打從童年起，我就是很少作惡夢的體質，哪怕偶爾作了不好的夢，醒了一笑置之馬上就忘了，戴佳琬的夢卻讓我渾身顫慄。

「說不定她想對我託夢傳達訊息?」但在夢裡，我完全沒辦法聽她說話，有股惡意和蓄勢待發的威脅感讓我非常不舒服，本能反應就是逃跑，逃不過便戰!

「妳認爲呢?」主將學長反問，他是鈦合金級的麻瓜。

「雖然也有可能是我日有所思夜有所夢，畢竟剛從她的自殺地點回來……或者戴佳琬眞的化爲厲鬼了!那種無差別的惡意才讓我這麼害怕。」我打了個冷顫，還來不及想清楚，一句話便從嘴裡蹦了出來。「學長，戴佳琬左邊脖子上的刀傷是不是有兩道?」

「妳怎麼知道？」主將學長愣然。他先前雖然交代了戴佳琬的自殺手法，這個細節卻沒對我說，大概他認爲說到刺頸的部分就夠了。

相驗報告不公開，但主將學長是現場目擊者之一，還代替戴家父母進入解剖室向法醫確認傷痕細節，兩刀不管從刺入角度或力道來看，都是本人所爲，不是割而是刺，戴佳琬顯然做過功課，她不但打算讓人無法搶救，還要很多很多血。

這實在太病態。

「我近距離看到了。」雖然不想承認，但我搞不好接到戴佳琬的眞實訊息。

我是心燈滅了的半死之人，應該很好託夢，從許洛薇死後被黏在地上連想找個對象求救都沒辦法這點來看，鬼要託夢也不容易。

「妳是靈媒嗎？」主將學長又做出提到刑玉陽白眼時的無力動作，用掌根撐著額頭，要是再冒點鬼火就更完美了。

青梅竹馬和社團學妹一個個來刷新他的世界觀，眞難爲他了。

「我希望不要是。」根據殺手學弟這個前專業乩童的評論，靈媒哪能跟我比，我就是做超級代言人的料子，可聽可看還可以吐槽。

主將學長看著調查沒進展又因惡夢極度困擾的我，試著加入話題。「妳和阿刑特地騎機車過去，除了戴家還去了哪兒？」

「上次投訴過『無極天君』的城隍廟，刑學長想確認陰曹地府到底有沒有認眞辦這個案子，要是老符仔仙還繼續在戴佳琬之死的相關事件中興風作浪，表示這些神明根本就在打混。」整趟行程足足花了快三天，相較我在家鄉取得的巨大人脈和祕密，關於戴佳琬與神棍的怪異死亡斬獲少得可憐。

刑玉陽的咖啡館不能一直休息，陰雨綿綿的天氣不利傷勢復元，我們沒有本錢繼續兜轉，只得遺憾打道回府。

「要是陰間的警察有認眞辦事就好了。」我忍不住抱怨。

等等，倘若陰差眞的盡忠職守對我和許洛薇也不方便，眞是痛苦的抉擇。

「就算暫時查不出來，日子還是要過，守株待兔不失一個方法。」主將學長道。

「我也是這麼想，但刑學長擔心除了他以外還會出現其他受害人，目前最明顯的異常線索是戴佳琬，也只能往她那邊查。」

「我們私底下對話，妳可以不用叫阿刑學長沒關係。」

「我是沒差啦，反正本來就是學長。」這時我沒空在意主將學長提起稱呼的用意，滿腦子琢磨的都是再沒進展我要放棄原則往家鄉討救兵了。就是這趟調查讓我深刻體會到，兩人一鬼加起來資源還是極度貧乏。

冤親債主我可以自己努力，但朋友有危險我怎麼可能還拿翹？再說若能阻止厲鬼繼續殺人也是功德一件，我總要幫薇薇積德，好讓她將來有本錢投個好胎。

主將學長一定很累了，我正要勸他去睡覺，他若有所思開口：「你們若還有力氣，不妨也朝活人去打聽線索。」

我歪著頭聽不懂，這不是已經拚命向戴家父母打聽了嗎？至於吳耀銓和鄧榮那兩個神棍的家屬完全沒交集。

「阿刑說，妳認為戴佳琬的死法可能是一種邪術，目的是為了讓自己變成厲鬼，無論是道聽塗說或真有其出處，應該存在情報管道，比如說她當初如何找到無極天君的私人宮廟。」

這部分也是我們查不出的疑點，戴佳琬只推說是朋友介紹，而刑玉陽拼湊更早以前的情況，大抵是戴佳琬當時跑了不少間宮廟祈求和男友魂魄重逢，情報來源也雜到不可考，她所謂的朋友可能只是某間宮廟或觀落陰活動認識的信徒，實際上與陌生人無異。

或許戴佳琬並非一時情急誤入迷信，根本是習於此道，但她沒有精挑細選和正信的修行人接觸，而是逛街掃貨多多益善。

小道消息特定人脈這種事和浸淫時間長短密切相關，比如我自己，和許洛薇重逢前根本無視靈異與宗教信仰。別說私人宮廟，我連待了六年的學校旁邊那間大廟拜的是太子爺還是關公都漠不關心，卻對本地武術社團個人道館，或位於公園和體育館空地的各類武術練習時段一清二楚，畢竟我是柔道人，平常多多少少都會聽同伴講起相關消息。

戴佳琬只是個大學剛畢業沒多久的社會新鮮人，在學期間也不引人注目，安靜低調，大學生該做啥就做啥，有個相愛的男朋友……話說回來，外人看我也是很普通內向的女生，但我卻被許洛薇那個腹肌變態認證為怪胎。

戴佳琬的失足與死亡手法隱約透露了她的興趣，以及某種陰森扭曲的性格，那副性格或許是戴家造就的黑暗面，戴佳琬曾經有意識想要壓抑，活得謹小慎微就是證明，但男友車禍去世後她已無法保持穩定。

說到底，每個人都有可怕悖德的一面，但我們都希望過得更好，也希望將良善的一面呈現給重要的人，命運卻不讓你知道何時會爆胎失控。

「可惜，戴佳琬的父母並不了解自己的女兒。」主將學長一針見血，從她父母身上得不到可信的個人情報，只能不斷側寫女孩生前成長待遇。戴佳琬眞實性格中帶著太多謎題，所以……我們應該朝其他曾和戴佳琬實際相處過的親友打聽！

「她的姊姊！刑玉陽知道戴佳琬姊姊的聯絡方式！」我掏出手機。

「小艾，妳要現在打電話？」主將學長眼神有些玄妙。

「當然，他在工作時我不能打擾。先盧到他答應，明天我就能聯絡戴佳琬的姊姊，他開他的店，我去打聽戴佳琬的事，無論如何至少戴佳琬想和我接觸了。」主將學長默不作聲，我猛然記起刑玉陽還是傷患，唉呀，謀劃得太興奮就是有這個缺點，連忙補上一句解釋：「反正他半夜也要起來喝水尿尿，只不過是接個電話。」

「……」

現在首先要做的事就是把刑玉陽這個咖啡店NPC的黃色驚嘆號搖出來，好讓我可以接新任務——尋找戴佳琬的姊姊！

反正只要不是去陰森森的地方偷雞摸狗，主將學長就不會有太大的意見，他只是不喜歡我單獨行動，必要時我也能拽殺手學弟同行。雖然葉世蔓難免會問東問西，但我若堅持不方便說，殺手學弟便不會打破砂鍋問到底，算是能體諒他人難言之隱的好孩子。

「學長，那我要打給他囉！」我用手機滑出刑玉陽的號碼。

螢幕中，主將學長拿起馬克杯喝了一口水，慢條斯理地說：「阿刑的起床氣有點大，妳最好不要盧太久，他不會大聲吼妳，但該討的還是會討回來。」

太遲了，我已經撥出去。不過刑玉陽再怎麼牙尖舌利又喜歡用關節技玩我，也只敢點到為止，基本上還是很紳士的，能怎麼報復我？再說有主將學長在呢！

大概是我有恃無恐的表情太明顯，主將學長也覺得不電我一下不行。

「阿刑之前說過等他傷好要找妳上道館，妳就跟他去參訪一下合氣道的練習吧！」

只待過學校社團的我登時汗出如漿。這麼說來，主將學長本來不打算事先告訴我，好讓我有個心理準備？還以爲之前刑玉陽說要找我切磋是開玩笑，三段可以這樣欺負一個白帶嗎？

「學……學長……那個……救……」

「我先睡了，明天休息時間再跟我回報情況。」

畫面裡只剩下喝完的馬克杯，背景一暗，主將學長關燈了，此時手機終於接通，彼端傳來強颱來襲超重低音的應話聲，我忽然覺得惡夢好像不是那麼恐怖了。

□

我用一個禮拜苦力當代價才換到那張該死的電話號碼，「虛幻燈螢」靠不斷細心整理維持才能保持那份夢幻優雅。銅錢草該清啦、步道石板青苔不刷不行啦、落葉好多掃不完等等，白目的咖啡館老闆列了張清單並附帶不能單獨去找人的困難條件，等我簽完不平等條約後還充滿遺憾地表示，要不是我打電話的時機不對，他本來考慮只叫我工作三天就好，換句話說多出來的那些都是洩憤啊喂！

難怪主將學長要特別把起床氣的關鍵字拎出來說，拿刀戳刑玉陽搞不好還沒有打擾他睡覺嚴重。刑玉陽看來是不希望我和戴佳茵接觸才故意開條件刁難，他甚至說沒我的事不要窮攪和。

將早年離家的戴姊姊約出來並非難事，我只要將戴父相信女兒陰魂不散、家中鬧鬼的事對戴佳茵說說，表示我們想超渡戴佳琬，她總不會無動於衷。

戴佳茵一聽說我夢到妹妹死不瞑目的確有點緊張，卻不希望我們到她工作或居住地點附近見面，連刑玉陽也不知她住哪，聯絡管道只能透過手機。於是我順勢提出約在「虛幻燈螢」請她過來，她答應了。

我開心地幫刑玉陽打掃室外環境，一邊祈禱戴佳茵不會爽約。

大約下午三點時戴佳茵搭計程車出現了，「虛幻燈螢」庭院入口站著一位二十八歲左右的憔悴女子，似乎有些踟躕不定。她沒穿上班套裝，而是很有女人味的襯衫配棉布長裙，但髮型化妝和包包款式讓我有她是ＯＬ的感覺，我趕緊過去迎接。

寒暄過後，刑玉陽讓我們去後院談，一樓還得做生意。我事先搬了套桌椅和遮陽傘布置一番，端著兩人份的咖啡過去時，戴佳茵甚至很好脾氣地幫我拿餅乾，感覺是個溫柔的人。

我們談著戴佳琬的喪禮，之前問過主將學長和刑玉陽都說喪期間從沒見過戴家長女露面，我順口問起怎沒在老家遇到她，豈料戴佳茵這麼說：「喪禮時我回去過，他們不讓我上香，罵我是外人把我趕出來了。」

「怎麼能這樣！」我低嚷，實在是聽不下去。戴佳琬被刑玉陽帶到精神病院安置時，唯獨這個姊姊願意負擔住院費，雖說戴佳茵從未探望妹妹，但她肯出錢已經很了不起了。

現代社會有多少人捨不得出錢照顧傷病的父母，何況是手足？戴佳茵看上去自己經濟情況也不富裕。

「他們說小琬都是被我帶壞。」她勾了勾嘴角自嘲。

「這也太過分了，又不是沒血緣的陌生人。」我很自然抱不平。

戴佳茵愣了愣，表情充滿意外。

「說錯話了嗎？對不起，我不太習慣和人交談。」我有點緊張地確認。

她很快恢復鎮定道：「不，只是妳意外說中了，我有些嚇到。我的確是被收養的，但也不能說毫無血緣關係，養母其實是我的表姨媽。三歲時家裡發生火災，只剩我活下來，原本是要送到育幼院，但那個女人被醫生判定不孕，決定正式收養我。套句她當時的原話，『她想要一個乖女兒』。」

「那佳琬也是收養的？」

戴佳茵搖搖頭：「她是親生女兒，妳可以想像我的養母意外發現懷孕時有多開心，我就漸漸失寵了。」

「那離家出走是……」我並不想揭人瘡疤，但姊姊走了不就等於戴佳琬開始承受雙親全部壓力？

「可以說是長期精神暴力和適應不良，不過還是有引爆點，那時有個跟蹤狂從高一開始騷擾我，自稱是我男朋友，我當然否認，那兩個人卻覺得我說謊，男女關係不檢點。」

戴佳茵忍到高三終於瀕臨崩潰，這時她有個偷偷交往的正牌男友考上了東部名不見經傳的科技大學，戴佳茵於是填了相同學校跟著男友遠走高飛，和家裡正式決裂。

後來戴佳茵與私奔的初戀男友分手，卻發現當初那個跟蹤狂並未放棄，居然追到學校，嚇得她又轉了一次學，同時勒令家人不得將她的個資告訴任何人。但是她的平靜生活總是持續不到一、兩年就被打破，於是戴佳茵日漸偏執小心，朋友也愈來愈少，能接觸她最新個資的存在不多，終於過濾出老家是走漏消息的罪魁禍首。

那名跟蹤狂不斷變換身分甚至偽裝女聲裝成她的同學或房東，狡猾地往老家套消息，只要有一次成功，戴佳茵就得立刻逃跑；甚至跟蹤狂探聽的不是容易引起懷疑的目前行蹤，而是返家時間，再蹲點跟蹤到她目前的住處。

「等等，妳不是和家裡斷絕關係了？」我問。

「因爲那兩個人不想被親戚和鄰居知道我離家出走，總是說我去外地求學工作，逢年過節命令我回來裝個樣子。我早些年太愚蠢，認爲畢竟有養育之恩，居然還配合他們。」戴佳茵握著杯耳的手指有些顫抖。

「爲什麼要洩露妳的私人資料？就算討厭妳也沒必要說呀！妳都特地強調過了！」我無法理解這種舉手之「惡」，難道他們沒想過亂講話可能會導致很嚴重的後果嗎？

「因爲他們從來不把我的話放在心上！不管是忘了或故意唱反調，讓我不開心多點小麻煩都好！結果害我被跟蹤狂搞丟了工作，還差點遭到強暴，幸好當時同事送我回家時落下東西又折返，及時救了我。」戴佳茵雙手握得發白，「對不起啊，小妹妹，和妳說這些不好的事，我到現在還是很恨那兩個人，所有和那個家有關的事情我都不想知道也不想靠近。」

「那戴佳琬呢？」

「曾經有段時間，我和她還有私下聯絡，算是同病相憐。我勸她早點脫離那兩個人的控制，她做不到，還把我的事都告訴他們。」

我張口結舌，不知怎麼安慰姊姊，反倒是戴佳茵敏銳地看著我道：「其實妳不是小琬的大學好朋友吧？如果妳和她眞的處得來，我反而要提防妳了。但你們抓到神棍還努力想救她，這一點很謝謝妳。」

我抓頭撓腮不好意思，只得承認我是被主將學長找來的雞婆路人。

「妳也恨她嗎？」我沒想到眞相愈挖愈不舒服。

「恨倒不至於，一直是同情，也覺得不能再和她牽扯下去，小琬只會把我拖下水，從小她就是那樣的孩子。」

戴佳茵終於說到關鍵，我想知道那個近乎虐殺自己的女生——戴佳琬眞正的性格喜好。

「姊姊，妳可以說得更詳細一點嗎？『那樣』是指？」我回憶臉俏嘴甜的許洛薇如何稱呼年長女性，直接叫她姊姊拉近距離，看來效果不錯。

戴佳茵回憶童年，眼神透出深深幽怨。

「很乖，很聽話，又會撒嬌，甚至我漸漸被那兩個人冷落時，小琬還會爲我爭取同樣的待遇，她就是父母心中完美的乖女兒。但不管我去哪裡、交什麼朋友，她總是問個不停，只要她一說想和姊姊出去玩，那兩個人就會罵我並且禁足我。小琬希望我和她過一模一樣的生活，不管是待在家或跟著那兩個人出門，我對她來說是個不可或缺的大洋娃娃或泰迪熊，陪她去奶奶家度假，陪她上才藝補習班。」她酸澀地說。

「妳怎麼知道小琬不是太依賴妳、喜歡妳這個姊姊呢？」

「因爲那兩個人甩我巴掌，一邊罵我一邊把我拖回房間時，小琬表情完全沒變，她並未有樣學樣，卻也沒有過來安慰我，她只是……就那樣看著，好像一切完全沒發生過，她的親熱讓我毛骨悚然。」這些苦水戴佳茵隱忍了二十年，不吐不快。

「後來大概是我比較叛逆，她的確受我影響有正常一些，變得非常內向，喜歡躲在房間用電腦，好像有在學校被欺負，不過她從來沒提起過。實話說，她上大學後居然會交男朋友讓人非常訝異。」戴佳茵道。

「等一下，妳家既然有控制傾向，她交了那個叫文甫的男朋友時家裡沒反對嗎？還是其實偷偷瞞著父母交往？」這點其實挺奇怪，戴佳琬是在神棍事件中被性侵懷孕才被趕出家門，如果家裡不知道小女兒有交男朋友，表示戴佳琬不再對父母百依百順；換句話說，像個正常人。

但從戴佳琬的生前錄音和自殺手法，以及姊姊的證言，在在都顯示著她詭異的一面。

「那個女人以前常說，我們找男朋友必須是她認可的男人，小琬也一呼一應表示只和媽媽覺得可以的男生交往。文甫年紀輕輕名下已經有一棟位在天母的公寓，將來至少能繼承好幾甲土地和食品生產公司，但他家其他財產我不熟。」

我懂戴家父母爲何不反對了。從戴佳茵的描述中，可知這兩人是眞心相戀，這一點讓我感到有點可怕。不通世事又內向的戴佳琬在男友眼中像是高塔裡的小公主，剛好他有能力照顧保護她。雙方條件一開始就不是很對等。

幸好朱文甫背景有錢歸有錢，倒算是挺有常識的小開，平常夠低調，儼然就像個普通大學生，和戴佳琬穩定交往中，打算等女方畢業過兩年就結婚。

如果王子沒有忽然出車禍去世，實在就是個童話故事。

「至少小琬不是因爲他的錢喜歡他。她要是能現實一點早就離家了，一定是文甫選擇她以後，那兩個人也很支持，一切理想到她不用去面對男女交往那些摩擦挑戰，困難都被處理好了，她只需要專心喜歡一個人。」戴佳茵分析道。

「我相信她眞的很愛他。」我附和著。

許洛薇也說過戴佳琬的感情是眞的，只是我覺得男友去世仍不放棄這點很偏執，但愛情這種事外人本來就難以理解，朱文甫也可以選個長袖善舞的社交美女或門戶相當強強聯姻，他偏偏喜歡背景平凡的戴佳琬，只能說那兩人身上有彼此吸引的因子。

我下意識抬頭往咖啡吧檯方向望了一眼，透過玻璃門隱約可見刑玉陽不急不徐的工作身影。

刑玉陽百分之百進入戴佳琬的「特別名單」了，我只希望他不會被這份偏執拖累。

「如果小琬眞的沒有走，」戴佳茵用左手包覆著右手，彷彿要賴此取得一些安全感。「那兩個人最好一輩子躲得遠遠的，他們養出了只能這樣思考的小琬，不滿意了就丟棄，爲了面子接回來又關在家裡，遲早要出事。」

「妳說她陰魂不散，我信。她自始至終還是很依賴父母，那兩個人說她一無是處，不靠他們養就活不下去，小琬就會眞的相信，然後自殺也不意外了，因爲她沒辦法靠自己走出去那個家。之前懷孕那件事她是被趕出去的不是嗎？那兩個人不就盼小琬求著他們原諒，更依賴他們，永遠別奢望自由，現在也算得其所哉。」戴佳茵的語氣裡浮現一絲怨毒。

過去的傷口沒那麼容易癒合，我不會說戴姊姊偏激，畢竟這種陰沉漫長的成長傷痕別人難以理解，她只是需要一個機會發洩原本無人傾聽的怨恨，然後繼續過日子。

我則是在遇到冤親債主和回老家調查後，也算痛快地發洩過了。

「以妳對妹妹的理解，她會報復父母嗎？」我想知道戴家父母有沒有危險？需不需要立即警告？

「她會那麼愛文甫，那兩個人鼓勵她這樣做是個關鍵。她只是繼續依靠正確指令活下去，」

然而，這次她卻沒有獲得稱讚，我不確定她會有什麼反應。在我眼中，她向那兩個人出賣我的消息是潛意識想報復我離開那個家，但她自己肯定不這麼認爲，頂多是被問起我的消息時有什麼說什麼，就像回答今天午餐內容一樣。」戴佳茵道。

她又說了一些戴佳琬的兒時瑣事，漸漸流露疲意，我知道戴姊姊差不多言盡於此了，拿出錄音筆，兩個學長同意將這份遺物交還給戴佳茵，我們則保留拷貝檔。

豈料戴佳茵聽也不聽立刻將錄音筆推還給我。

「抱歉……對我來說小琬的回憶已經夠了。這些錄音隨便你們怎麼處理，別外流就好。」

「這樣喔？那就交給我們保管了。」我忽然有點羨慕戴佳茵當機立斷拒絕的態度，想必是許多次血淚教訓的結果。

「姊姊，關於小琬，妳還有沒有話想說？也許，呃，我不敢保證，說不定以後我有機會和她溝通時，能讓她好過一點，妳可能是唯一一個還關心她、有點理解她的親人。」我小心翼翼地要求。

戴佳茵沉思良久回答：「幫我向小琬說聲對不起，許多事情我不怪她，但也請她不要怪我，因爲我眞的自顧不暇。」

「我明白了。」

她忽然又說了一段話：「他們收養了我不少年，不是沒有快樂的時候，當我還小，凡事聽話不會思考時的確過得不錯，以為自己有了新的父母；小琬喊我姊姊時，我也曾下定決心要當個好姊姊，可惜在那個家我活不下去。」

戴姊姊說，在那個有問題的家中，她們本應彼此支持自救，但戴佳琬從來沒有那個意思，對於控制狂的雙親，她依附得很好，不需要戴佳茵這個盟友。

送戴佳茵去車站搭車後，我用力喘了好幾口氣，錄音筆被我握得發熱，經由戴姊姊的描述更深入這個女孩的過往人生後，戴佳琬最後的遺言「我不會放棄」，如今聽起來除了毛骨悚然，還有一股難以言喻的不安。

不會放棄的上一句話，「許多想做的事」到底是什麼？戴佳琬的祕密計畫像是一團斑爛蟲子，其實我連看都不想看，卻非得徒手去抓那些毒蟲。

我改掏出幾枚銅板，決定奢侈一回為自己加油打氣。

「唷嘻！去買塊雞排來吃！」

「妳還有心情吃雞排？」許洛薇從背後冒出來，嚇了我一大跳。

「就是心情難受才需要慰藉啊！」我又不是鐵石心腸，聽了戴佳琬的故事愈發為她感到痛心，然後，恐怖感更濃重了。

男友的死打擊在前，神棍和父母雪上加霜傷害在後，本以為她因此才變得不正常，現在戴姊姊告訴我，戴佳琬有可能從小就不正常，而我卻夢見她的死亡場景，爲何是我？

「啊！妳要不要先回故鄉住個七天？」許洛薇天外飛來一筆。

「爲何這麼說？」我才剛從故鄉回來沒多久。

「搞不好就是因爲妳聽了錄音才會夢到戴佳琬，接下來妳還有六天可以跑。」

「妳以爲是在演《七夜怪談》嗎？」我額角爆出青筋。「那妳就從電視爬出來螳螂捕蟬黃雀在後，把人給我抓起來該問的問清楚。」

「人家不會啦！」許洛薇吐舌裝可愛，握拳敲了敲額頭。

「這個動作很欠揍，我是說眞的，妳要知道我已經是個女性主義者了。」

「我就是想看別人受不了又不能動手的樣子，嘻嘻嘻。」

許洛薇有時候眞的很扭曲，類似行爲還包括舔男朋友腹肌卻不讓人家發動引擎，我得認眞思考仇殺的可能性了。

「去妳的！我改吃臭豆腐！」

我在許洛薇的抗議聲中堅定地走向路邊攤，右手卻悄悄將錄音筆塞入背包。都是許洛薇說了戴佳琬的錄音可能使我更容易被她託夢，此刻我連將錄音筆貼身放著都難以忍受。

到剛剛爲止我都只將錄音筆視作一份檔案，直到許洛薇冷不防點醒我，我一直帶在身上不是別的，就是戴佳琬的遺物。

許洛薇說對了，我的理智希望戴佳琬透露更多訊息，但情感上我真的很想立刻丟掉錄音筆，躲回老家什麼都不管。

Chapter 03 / 忽然展開同居生活

醒了，現在應該是半夜吧？我揉著眼睛坐起，懶得看鬧鐘確定時間，反正沒工作就沒有時間壓力，我打算喝杯水繼續睡。

正要滑下床去倒水，忽然覺得房間好暗。這陣子我已經習慣關燈後任開著的電腦螢幕照亮一小塊房門，順道代替小夜燈。等等，這是我的房間嗎？

「薇薇？」就算住在同一間房子，我們還是像過去一樣，她在樓下我在樓上各做各的事情。

沒有回應。

房間毫無一絲光線透入，我通常會習慣性地蹭蹭床鋪，但剛才莫名其妙就直接下床，沒碰到熟悉的家具邊緣，彷彿四周其實是一片虛空。

奇怪，明明伸手不見五指，爲何我會覺得自己就在房間裡？然而，這是誰的房間？

這是夢，又是從我熟悉的日常回憶開始，滲透然後抽換取代的怪異夢境。

意識到不在現實中，我忽然被恐慌淹沒。

精神再度被入侵了，那裡本來應該有團火焰，照亮中心，讓我取暖棲息，放置一些令人安穩信賴的想法，豎立障壁，如今卻是一片漆黑開放，野獸與昆蟲肆無忌憚地踏步經過或者乾脆入內蜇伏。

不是沒因爲恐怖電影和小說作過惡夢，但夢裡沒有恐懼的情緒，夢對我來說是超然的領域和視角。我會害怕，是因爲我立刻發覺這不僅僅是自己的夢，我碰觸到「別人的部分」。

晦澀濃稠的執念宛若飢渴的水蛭不受控制吸附而來。「我」不再百分之百屬於我自已，這些漏洞還會破裂增大，不知何時會有東西成功鑽進來，這一點尤其使我難以忍受。

「我是蘇晴艾，二十三歲，我認識很多好人，許洛薇、主將學長、刑玉陽、柔道社的大家……」我開始背誦那些名字，渾然未覺這時的我和戴佳琬在錄音筆中的開頭行爲如出一轍。

自從夢見戴佳琬的自殺現場與屍體畫面，三天來我抄了好幾本佛經卻無法安心，喪失對自己的存在認知實在太可怕，最後我本能抄起通訊錄，一遍又一遍，直到精疲力竭才能稍稍放鬆。

該死的！我這麼清楚自己正在作夢，居然還沒醒來？如果坐在原地無法清醒，那我就闖出這個夢！我伸出手往前走，想像自己握住門把開門。

「我要回去，醒來！醒來！醒來！」我像是說給戴佳琬聽，至少也是爲自己打氣。

「戴佳琬，我去見過妳姊姊，知道妳很委屈，有想說的話快點告訴我，別再拖延了！」我趁自己還能說話時大叫。

又是戴家的客廳，明亮燈光比方才純然漆黑的房間更讓我發毛，太眞實了，完全就是那夜我和刑玉陽去拜訪的樣子。第一次時我夢見現實中不曾親眼目睹的命案現場，第二次夢見卻是親自踏訪過已經清理乾淨的客廳。

然而，比起黑暗虛幻的陳屍畫面，我更害怕這個燈火通明的地方。沒看到並不表示不存在，更糟的是戴佳琬可能就站在面前，我卻看不見她。夢，不靠肉眼識物，看得見或看不見，難道不是我一念之間的事而已？

至少此刻夢裡的戴家不像空屋，獨自生活兩年的我對周遭氣息其實很敏感，廚房裡有一隻蟑螂都能讓我豎起寒毛。

我喊完那聲後根本不想等戴佳琬回應，轉身就往大門的方向衝，卻發現玄關消失了，客廳的牆像做壞的３Ｄ遊戲畫面般接在一起，我扶牆繞了好幾圈，甚至壯著膽子闖進其他房間和浴室。

一切正常，除了我被困在腦海裡的鬼屋無路可逃。

此時某個可怕的想法攫獲我，如果一直出不去，現實的我會不會就這樣變成植物人？別的鬼或許能趁機操控我的身體，那些曾經被鬼附身且失去當時記憶的人，魂魄是否也曾和我一樣，陷在一個沒有出口甚至連記憶都無法保留的虛幻空間？

「誰在那裡！」我暴喝一聲轉身，空空如也。

有人在看我，那道視線依稀藏在壁紙和縫隙之後，迂迴地觀察著。

我無法控制地顫抖，開始抽噎，然後衝動地從廚房抽了把菜刀往印象中應該是玄關的牆壁劈砍，甚至用拳頭手腳去搥打踢撞，在夢裡所有自制力彷彿都飛走了。

「許洛薇——」我輪流叫喚著認識的人，最後反反覆覆只剩下許洛薇的名字。如果戴佳琬可以把我關在夢裡，許洛薇爲何不能入夢來救我？戴佳琬有她的執念，我也有我的執念！

那股視線忽然近在背後，我閉著眼睛轉身揮砍，手腕卻被握住了，我張開雙眼，前方什麼也沒有，只是停在空氣中的手仍然產生被束緊的悶痛。

「蘇晴艾——喵——蘇晴艾——喵——」

這是什麼怪異的幻聽，刑玉陽一邊喊我名字一邊學貓叫？

小小又多毛的肉掌不斷撲打我的臉，先是暈眩混沌，再度聚焦後一隻貓掌又飛快揍過來，正中鼻頭，帶來一陣酸澀刺痛。

「走開！不要再打了！」我轉頭避開小花的魔掌，還有是誰在抓我的手？好大狗膽！等我掙開就用巴投摔死你！這可是我唯一會的高級技術！

「蘇小艾，妳到底醒了沒？」刑玉陽怒吼，不忘繼續緊緊抓住我。

我順著聲源對上他的視線，刑玉陽單膝跪在床緣用力抓著我的雙手。

「你怎麼會在我的房間？我還在作夢？」白目學長來夜襲的夢和英文考不及格的噁心感覺有87%相似，簡而言之就是北七啊！

「妳家的貓跳到螢幕前對麥克風狂嚎，鎮邦被驚醒，打妳的手機沒回應，當初說好了，我得立刻過來確認妳的情況。」刑玉陽這時才放開我退到一旁。

「我醒是醒了，但你剛才為何要抓我的手？」而且是那種難以掙脫的力道和角度，簡直嚇死人。

他瞪我。「妳以為自己睡姿很正常？」

我癟著嘴搖搖頭。

根據刑玉陽的描述，他衝進房間時，正巧目睹我雙眼無神身體僵直躺著，用握著刀械的手勢不停虛砍。

「鬼壓床解法潑冷水最快，我本來想去裝冷水，又怕妳趁機拿到尖銳物。」

所以刑玉陽姑且先固定著我的手，這時附在小花身上的許洛薇自告奮勇要叫醒我，刑玉陽決定讓她先試試無妨，總覺得「試試無妨」這句話後面接著一串笑而不答的拷問菜單。

刑玉陽將備用鑰匙拋還我。

上次翻牆進入大門深鎖的「虛幻燈螢」幫他收拾住院行李，我禮尚往來乾脆也報告了許洛薇的老城堡備用鑰匙藏放處。雖然我相信一旦發生緊急狀況刑玉陽不用鑰匙也能輕鬆登堂入室，但我實在沒閒錢花在無謂的門窗修繕。

「妳的揮舞角度再大一點就會割到自己了。」刑玉陽似乎還要說下去，卻及時掐掉下一句話。

但我知道他的意思，他想說我無意識中做出宛若鄧榮的自殘動作，如果手上恰巧還有一把凶器，不是傷人就是傷己。

刑玉陽忽然揪住我的後領，把我拖到電腦前，拿出手機撥通好友的號碼，轉成免持模式放在桌面方便對談。

主將學長果然在螢幕彼方等著我，見我出現鬆了口氣。

「小艾，怎麼回事？」主將學長問。

「我好像又夢見進入戴家。啊，可是這次沒看見戴佳琬。」我訕訕解釋。

「阿刑，陰魂託夢就是這樣重複發生又不清不楚？」主將學長這次換成詢問刑玉陽。

刑玉陽一手壓著我的頭禁止逃跑，一手托著下巴思考。

我只能雙手交叉抱胸故作淡定忍住狂叫的衝動，人家剛剛在睡覺沒穿胸罩啦！

「自己幻想作夢不算，真正的託夢通常很少有清楚訊息，我說過鬼魂意識大都不穩定，給出的訊息不是片段閃爍就是相當概括的暗示。」刑玉陽說。

「那小艾的夢算眞的鬼夢還是假?」

「夢境細節太多了反而很難判定,但她夢到不曾接觸過的屍體細節,也可能一部分是她的夢,一部分有鬼魂介入影響。」

我正在糾結怎麼從兩個精明學長眼皮下混過去換套衣服,他們忽然一齊問我:「剛剛的夢還有什麼特別的嗎?」

正事重要,反正我也沒有需要擔心的姿色,這樣自我安慰後,我維持姿勢不變將第二個夢鉅細靡遺描述一遍,末了提到使我非常在意的神祕視線。

「第一個夢裡的戴佳琬是很恐怖沒錯,但怎麼說呢,屍體就是屍體,會動也一樣,視覺衝擊比較重,但第二個夢中『視線』卻是活的。」我不自覺垂下眼簾,他們會不會覺得我小題大作,把一點點視線描述得像異形怪獸?

「存在感有差?」刑玉陽問。

「距離感也有差,在夢裡雖然都貼得很近,但那個視線給我的感覺是本體。」我將自己抱得更緊,吞吞吐吐地補充:「而且那道視線不是戴佳琬。」

喵的這才是最毛的地方,又出現了我不知道的鬼玩意!

「妳說沒看到對方長相，也沒聽見聲音，怎能確認不是戴佳琬？」主將學長不自覺切換成做筆錄的口氣。

「因爲我覺得夢裡看我的『人』是個男的！」我衝口而出。

現場沉默了足足十秒。

「確定嗎？」刑玉陽額角難得地掉了顆冷汗。

「因爲完全沒有被女生看著的感覺，之前的夢就算是屍體也很清楚知道是女生，不是用眼睛看見戴佳琬的裸體才這麼說的，我混了六年的柔道社！問主將學長就知道場外有女生時那種被異界人凝視的滋味啦！」我愈說愈高亢。

「所以妳是用排除法確定的？」

刑玉陽幹嘛一副吞了整把咖啡豆的樣子？我腹誹。

主將學長在螢幕中乾咳一聲：「確實我們這邊柔道的氛圍和你們合氣道不太一樣。」

如果要用書法爲兩者分別題字，刑玉陽的合氣道或許可以用優美行楷寫著「男女平等」，但主將學長開創的柔道社卻是……

「This is Sparta!!!」

還是用拖把寫的。

「好，我懂了。」刑玉陽抹臉。

「所以是不只一個鬼想對我託夢？」我熱血沸騰戰吼完以後，想起事情不妙立刻變成消氣的河豚。

「關於妳疑似發現男鬼的部分可以稍後再研究，目前最重要的是，蘇小艾，交出錄音筆。」

我赫然驚覺這就是他把我按在主將學長面前的險惡用心，利用主將學長牽制我實在太卑鄙了！

「阿刑，小艾會作惡夢是因爲我們給了她那支錄音筆？」主將學長問完逕自望過來，令人無法直視，畢竟連我自己都覺得持有戴佳琬遺物不發生點什麼對不起社會大眾。

「就像《七夜怪談》，亡者執念附著在物體影像與聲音中，影響接觸到遺物或特定資訊的活人。」刑玉陽更進一步拉攏已經開始動搖的主將學長。

早知道就不把許洛薇的笑話說給刑玉陽聽了，根本是搬磚頭送他砸我的腳。

「抱歉，小艾，妳還是別再聽那些錄音，把東西還給我們比較好。」主將學長立刻站到刑玉陽那邊。

「可是學長，現在中斷我前兩個夢不就白被虐了？說不定下次戴佳琬就會告訴我她的目的——那兩個神棍死因很蹊蹺，刑學長也差點摔死，這樣放任下去一定還會有人出事！」我急切地聲明。

「和她囉嗦什麼，這笨蛋腦袋沒救了！」刑玉陽的聲音比平常要陰鬱暴躁。

「說到底不過是推測，又不一定眞的是七夜怪談！好嘛！搞不好我就是靈媒怎樣？」我轉身退開一步，提防此刻氣質不太一樣的刑玉陽。

嚴格來說，許洛薇沒有起床氣，因爲她睡得天崩地裂置生死於度外根本醒不來，就算是這樣的許洛薇後來還是被我叫醒拖去上課，畢竟人家家長賞我免費住宿，我總得確保嬌嬌女兒的出席率。這段典故的意思是，我看過很多次人在睡醒前性格大變不可理喻的畫面，許洛薇是嬰兒化，連我用湯匙餵她吃麥片，她也無所謂。

至於刑玉陽，他忽然把爪子尾巴亮出來我完全不意外，還有我們這些拿武術當運動的老鳥，雖然不會認眞打起來傷害對方，說動手就動手卻是家常便飯。我默默回憶常用的柔道動作，想找出成功率最高的一招。

「妳才第二個夢就無法自主醒來！還被夢境影響做出攻擊動作。」他開始轉著手腕活動筋骨。

現在是半夜，莫非刑玉陽起床氣一直發作中，而且正要抵達高峰？

「交．出．來。」

我無意識地瞟了一眼枕頭的位置，該死！刑玉陽立刻朝床鋪走了一步，憑他的推理能力一定知道我把錄音筆放哪裡了。

這大概是我這輩子反應最快的一次。

半蹲蓄力以腳尖蹬地往前一撲，手指滑入枕頭下方握住錄音筆，我喘著氣起身，發現刑玉陽只是好整以暇站著，手心向上做出索討動作。

我把握著錄音筆的左手藏到身後。別小看人了，哼。

「非常好，蘇小艾，我就自己來拿。」刑玉陽從齒縫擠出威脅。

「別這樣，刑學長，你還受傷我也不想跟你打，不過你動手我就會還手。」我的退路被他堵住了。

「動手？」他勾起諷刺的微笑，讓我想起初次見面那回渾身環繞著尖刺的刑玉陽，那次他好像也是剛被主將學長叫醒來著？

他步步進逼，我馬上只能站在床緣動彈不得，我狠心朝他一撞想要逃出生天，他卻在這時掃我腳，右手扣住我的衣領朝鎖骨一壓，劇痛立刻讓我身體一軟，被他扣壓在床上。

角度完美，力道乾淨，相當有四兩撥千斤的味道。我毫不懷疑他摔得動我，但受傷還能摔得這麼輕鬆就可怕了，這表示他不靠手勁亂拉更無牽動傷處。爲什麼他也會主將學長大外刈的手法？我又驚又疑，猛然想起那兩個人不知技術交流N年了，只能狼狽地伸出右手反抓他，想將刑玉陽也拖倒推開再跑。

靠！完全拖不動！至少纏住空著的左手別讓他來搶錄音筆！我改弦易轍抓住袖子。

「給我！」

「不要！」

「妳再惹我後果就不是這樣了。」他低聲警告。

「你憑什麼強迫我！」

其實主將學長只要再多講一句我就無法拒絕了，但我剛被惡夢驚嚇，刑玉陽卻一副把我搓圓捏扁的口吻，我實在氣不過。

「你們兩個要不要看一下地點再吵？」花貓蹲在床頭涼涼地說。

滿眼陰沉的刑玉陽聽不到紅衣女鬼說話，許洛薇插嘴倒是使我猛然回神，現在是什麼情形？

我遭他單手壓在床上，T恤領口被扯開，要變荷葉邊了，他整個人懸在我上方，刑玉陽的左手則被我抓住。

雖然說是僵持，也只是他沒有甩開我，刑玉陽沒打算認眞出招，宛若教練戲耍小朋友一樣，雖然說我有時候也會這樣和新生玩，但現在不是在社團啊！

我冷汗流得更多了。

「刑玉陽！蘇晴艾！你們在床上做什麼！」主將學長帶著怒意的聲音從手機裡傳來，我們剛剛移出鏡頭範圍，加上碰撞聲不難猜出發生什麼事。

刑玉陽坦蕩蕩地壓制我，他絕對生氣了，連主將學長的聲音也無法阻止他繼續搶錄音筆，我更是沒空感到害羞啥的，他此刻表情好恐怖，力氣也好大。

「我以前就問過妳是不是不想活，看來妳還眞的不想啊？」刑玉陽略略鬆開控制我的手，但我很清楚一翻身就會被他抓到空隙，這人奪刀奪槍比喝水還輕鬆，要趁亂弄掉我手裡的錄音筆太容易了。

死死壓著錄音筆才是最安全的，但我也不想一直保持這麼蠢的姿勢。

眼角餘光瞥見小花還蹲在旁邊，靈機一動，我把錄音筆往許洛薇一推大叫：「小花叼走！被搶到妳就輸了！」

許洛薇愣了半秒，正巧和低頭看去的刑玉陽四目相對，頓時一人一貓之間彷彿燒出了一條滋滋作響的閃電。

花貓張大嘴巴叼住證物，踏著我的肚子從刑玉陽身下飛快鑽過，逃脫成功前還用尾巴挑釁地打了一下刑玉陽的腹肌。

幹得好，薇薇！不管身爲色鬼還是色貓都是盡職的好姊妹！

主將學長對不起，誰叫這就是斯巴達？

□

事情是這樣的，主將學長和刑玉陽站同一隊的事忽然刺激了我的反抗意識。

他們表達擔心的反應是要我交出錄音筆，這一點讓我很反彈，問我爲什麼呢？在這一連串怪異死亡風波中，我敢說自己還是挺有用的。

主將學長在北部當警察，每天工作時間長，可支配的私人時間少又不固定，受傷的刑玉陽還要開店泡咖啡做點心討生活。他們到哪裡找個像我一樣很閒又能打，還有個女鬼好友當雷達兼飛彈的靈異調查員？

別說惡鬼有多猛，這種爆肝生活繼續下去自己就先累死了。

我不敢說對刑玉陽這個認識才兩個月的學長多有情義，然而爲了讓自己變強能幫上主將學長的忙這個理由就很夠了；再說，能去刑玉陽的咖啡館裡混吃混喝打發時間，是我之前從沒想過的快樂休閒。

別人給我多少善意，即使無法湧泉以報，盡量回饋一些是應該的。在刑玉陽眼中那些餐券陪伴或靈異分析之類的照顧只是小事，但我從中受惠的程度卻很巨大，他們若缺時間和人手處理麻煩，對我來說這樣的幫忙也只是小事！

刑玉陽總算願意放開我，他的起床氣大概也發洩得差不多，開始流露睡意迷濛的慵懶。

我披頭散髮走回電腦前，主將學長沉著臉等著我解釋。

「打輸不可恥，退縮才可恥，面對黑帶更要全力攻擊，這是學長你教我們的大原則。主將學長你一定有在刑學長沒睡飽時和他打過。」刑玉陽起床氣發作時真的很討人厭，我不覺得主將學長忍得住，遇到有實力的對手，主將學長是要戰便戰的原則。

「嗯，大約兩百多次……」刑玉陽打了個呵欠。

「學妹妳到底怎麼了？」主將學長問。

「學長，我大一的時候你大三，所以你頂多也就大我三歲，搞不好還沒那麼多，我不是小孩子啦……雖然很沒用，但好歹也是成年人了，我要為自己的人生負責的。」我瞄了下刑玉陽，他正懶洋洋聽著。

「過去我就是太聽話了，只對自己的事感興趣，所以爸媽被冤親債主影響沉迷賭博，還有我的好朋友許洛薇為何跳樓，總是等到來不及的時候才在懊悔。我只是覺得現在時猶未晚，大家互相幫忙，不用非得拋下一切來調查真相，這樣不是很好嗎？」我趁許洛薇還沒回來一口氣說完。

其實我的想法就這麼單純，幫幫朋友的忙趁機磨練本領。「我自己也有冤親債主的問題，應對經驗不夠哪天出事就慘了。多練習幾次總能進步。」

「但還是不該讓妳冒險受折磨，眞的不行我們應該求助專業人士。」

「那也要是正確的適合人選，現在開始找不知來不來得及？」我無言詢問刑玉陽，他是我們之中最有門路的一個了。等等，現在的我應該可以拜託葉伯或蘇家族長介紹眞．法師？

「專業人士的部分再看看吧，我不想讓白眼曝光，後患無窮。」刑玉陽說以前和朋友合作賺外快時，他也都戴著彩色隱形眼鏡宣稱只是普通陰陽眼，還比不上靈異界流行的兩隻眼，只有單邊。

刑玉陽的白眼會造成連普通人也能目睹變色的怪異現象，聽說超級稀有，他目前還沒遇過其他能力發動時連外在一起改變的靈能者，在求助之前，還是先守好一不小心就會讓人生翻覆的祕密更重要。

刑玉陽的能力好壞姑且不論，他說在這個世界光是「真貨」就能引發各種覬覦，而他也知道自己沒有實力和意願走入波瀾不斷的人生。

刑玉陽判斷保護白眼的祕密比被鬼騷擾謀殺更優先自然有他的經驗和道理，某種意味上我感同身受，我也不想高人隨便來動我的玫瑰公主。主將學長不知道薇薇的存在，很自然地選了個他認爲較妥當的做法，刑玉陽當下拒絕找高人相助的反應讓我鬆了口氣。

「難道只有我和主將學長知道你的祕密？」

他點頭，我頓時大驚。「爲什麼？你剛見面就露白眼給我看，甚至還不知道我的爲人？」

「爲人是知道的，我和妳練過一個月柔道，看過妳和鎮邦相處的情況，又陸續聽鎮邦說了不少妳的事，可以確定妳是個笨蛋，還有妳……」

薇薇的部分不能說！我背對鏡頭對刑玉陽不停朝嘴巴比著拉鏈。

「……妳的心燈滅了，大概自顧不暇，再說我的左眼其實不是每個人都看得到，約莫十人裡有兩、三個較敏感的有心留意就會發現變色，但這比例也夠高了。祕密保留久了很煩，必須偵查凶險環境時，只有自己知道能力特質容易絆手絆腳，有留守備用名單也不錯。」他對我揚起眉梢，意思是沒看過這種隨身開心攜帶紅衣厲鬼的奇葩，相比之下白眼都不算什麼了。

還有那時候你剛睡醒懶得想太多對吧？反正我的把柄那麼明顯，看情況再處理也行。我總覺得祕密分享對象夠軟這個現實理由也有一點。

「沒有理由讓妳替我冒險，錄音筆。」刑玉陽再度伸手。

「夠了沒？厚，事實證明安全監視有用就好啦！我說過要對付冤親債主是認眞的，我不是替你冒險，是自己想變強。我這次去老家就有和精怪對峙，贏了！」只是還來不及感到鼓舞就被刑玉陽出事的消息嚇到。

「刑學長，幫你就等於是幫我自己，而且袖手不管我生活也沒有變得比較輕鬆，這種事你們明白的吧？」他們介入戴佳琬的事件迄今吃了許多苦，卻沒有一句怨言，我比不上他們，至少不想輸太多。

「主將學長，拜託啦！」努力把主將學長拉回我這一隊。

「小艾，妳先去整理儀容，我和阿刑討論一下。」

「了解！」我如釋重負，趕緊衝出房間。

等我洗過臉紮好頭髮，穿著運動外套抱小花回來，兩個學長貌似已達成共識。

許洛薇把錄音筆藏到自己房間的內衣堆下了，good job！

「小艾，關於妳的想法和遭遇的麻煩我之前就在考慮了，確實也是我無法解決的問題。」是說失業、冤親債主還是父母被祟殺的深仇大恨？總之大家都知道我這個人活得亂七八糟，短時間看來是沒有穩定的機會了。我默默在心中補充，這還沒加上紅衣女鬼的自殺和異形變身之謎哩！

「我在聽，主將學長。」我溫順地應著。

「如果妳堅持要保留錄音筆，那就暫時住到阿刑家，他的房子好像有結界之類的功能。」

「啥咪？」主將學長，其實你也希望我交出錄音筆？

刑玉陽拉長臉一副老大不願意的模樣，怎不看看我也是！我有薇薇還有住得習慣的老房子，幹嘛特地去光想就彆扭到不行的學長家借住。嘛，如果是爲了讓我和薇薇一起保護刑玉陽還可以考慮。

「那我去『虛幻燈螢』可以睡哪裡？」沒想到我答應得這麼乾脆吧？哈哈，刑玉陽眼睛都瞪大了。

其實我不希望主將學長一直這樣虛擲休息時間對我們安全監視，他又不是超人，平常工作不是沒有風險，至少減輕守望壓力也好。

另外，想到「虛幻燈螢」，就想到天堂。撇開店主人的毒舌，冰箱裡滿滿的食材，縈繞不去的咖啡香和暖洋洋烘焙香氣，用餐時間到還有好吃的料理，環境又夢幻，哪怕幫刑玉陽打掃沒錢賺我也做得開心。

「妳是認眞的嗎?蘇小艾。」刑玉陽口氣嚴肅反問。

「嗯，反正沒什麼好被誤會，如果這樣做主將學長比較放心，我可以配合。」我摸摸小花的頭說。

雖然學長覺得他們是在保護我，但我知道自己一樣可以保護他們，既然如此就豁出去答應了!

「期限暫定住到刑學長的傷痊癒，至少現在再遇到攻擊不要傷上加傷，我也不會白住啦!」我說。

「這是什麼?」刑玉陽抓起那疊我抄寫的通訊錄。

「我擔心作惡夢時又忘了自己已經長大了，抄通訊錄還滿有用的。」就算是無比信任的對象，到底還是異性。從刑玉陽錯愕的反應可知他原本以為我不會答應，我也的確會顧忌男女之防，再怎麼喜歡「虛幻燈螢」，過夜又是另一回事。主將學長提出這個石破天驚的建議，他的眼光一向奇準，我必須立刻停止逞強，進入刑玉陽家避難，我get到主將學長的重大警告，緊急時刻有個信賴的活人在旁邊的確差很多。

主將學長又嘆了一口氣，刑玉陽頭痛地看著我，卻沒有再數落半句話。

「爲何睡著時的我這麼弱，爲什麼我不能拒絕被託夢?意識不清時缺少心燈就不能嚇阻那些鬼魂了嗎？」我半是自問，覺得很挫折。

主將學長和刑玉陽比我早聽完那些錄音，卻只有我的魂魄差點被困進惡夢出不來。

「魂魄衰弱，沒有專屬地盤和趨吉避凶的自保意識。」刑玉陽毫不留情地指出重點。

「可能眞的有點危險，因爲小艾內在還很熱，對徘徊在陽間的陰魂來說很舒服，彷彿好吃的濃湯或剛做好的菜，會讓鬼想要窩進來，就像小花喜歡紙箱和電視後面一樣。」許洛薇趴在我手肘邊這麼說。

我看著許洛薇精緻漂亮的五官苦笑，她說我沒有她不行，她會好好守在我身邊，不讓雜鬼隨便靠近。無論是她生前死後，我都這麼沒用。

窩囊地活到現在，好想有所貢獻，讓他們認同而非憐憫我，不管是回報學長們的保護也好，讓許洛薇的死後人生繼續前進也好，我不希望她只能關在老房子裡看影集或被我帶著出任務。除了我以外，刑玉陽好歹是個知道她存在、有時會透過憑依物或在我們的話題中有些互動的人。

還有許洛薇這死鬼咖啡粉吸久了對香味愈來愈挑剔，能讓她免費吸到爽的場所除了「虛幻燈螢」還能去哪？

刑玉陽還站在旁邊，是說他擅闖女生房間都不會不好意思，不過也比不上某個在好友家住了這麼久還即將移師到學長家的傢伙厚臉皮。

看來天亮前兩個學長是不會放我一個人了，尤其主將學長不相信我一個人住（其實有許洛薇在）安全，刑玉陽早上要準備開店，我實在不好意思讓他們陪我這樣懸著。

我正要向刑玉陽確認我是馬上和他走，還是晚點自己整理好行李再去店裡報到時，忽然靈光一現！

「那道視線會不會是戴佳琬的男朋友朱文甫？」我仰頭期盼地望著刑玉陽。

刑玉陽抿著嘴唇，他不喜歡沒有根據漫天猜測，但這的確是我們之前沒討論過的新方向。

「朱文甫約一年前出車禍去世，本來以爲沒消沒息表示他已經投胎，如果他終於有力量爲戴佳琬復仇呢？他出意外前都和她論及婚嫁了。」

尤其在透過戴家姊姊口述後深入了解戴佳琬的性格特質，我忽然對這個擄獲她的心，甚至讓她做出正向改變的富家小開起了興趣。

戴佳琬曾經被雙親控制，與世隔絕少了很多社會化的機會，之後又疑似受霸凌成爲內向自閉的宅女。找上刑玉陽時的戴佳琬至少在他看來是個受害者，在學校時不起眼，不起眼意味著「不奇怪」，表示戴佳琬的待人處世有進步；之後她想和死去男友重逢，跑遍許多宮廟神壇，那可意味著要對很多陌生人敞開心扉。

我在主將學長看不到的角度用嘴型對刑玉陽說著「許洛薇」三個字，並用手指比了個二，提醒刑玉陽，許洛薇死了兩年才出現在我面前，這事他也知道，更囧的是許洛薇還失憶了。

如果死後這段魂魄穩定的時間差導致朱文甫無法保護深愛的女孩，戴佳琬的死說不定牽動某種可怕業力，朱文甫會如何怨氣沖天也不難想像，也可以解釋目前爲止戴家人尚未出事，兩名神棍卻馬上死掉的先後差異。

被拆散的相愛之魂總是特別凶，看溫千歲他老爹就知道。

「戴佳琬的託夢不清不楚，她的家人又沒辦法提供更多情報，等等，她在學校待過的四年還沒梳理！」戴佳琬是我的同屆校友，說不定學校人脈裡還能敲出一些線索。

「只好回校打聽了，不只是戴佳琬，還有朱文甫，他不在我的系上。」刑玉陽沉吟。

「也不在體育系。」主將學長補充。

「設計系的人除了同班和直屬以外不認識。」結果我不能確定。「我明天去問戴姊姊！」

「阿刑，拜託你多注意了。」主將學長對好友說。

刑玉陽揉著眉心回道：「因爲是你我才特別破例，我家可不是收容所。」

「訓練可以，但不要太過火了。」

「你下次應該把最『信任』的學妹中間那兩個字改成『麻煩』。」刑玉陽沒好氣地說。

他們是在討論我嗎？怎麼有不妙的感覺？

「那隻貓讓她留在房間一起睡，天亮再走。妳休息一陣子，我在樓下。」刑玉陽這樣吩咐我，主將學長在我的強力勸說下總算願意去睡覺。

我跟著刑玉陽到客廳，有點不安地問：「你和主將學長剛剛在談什麼？為何會變成我要去你家住的發展？」

「上次亂喝符水的事情，鎭邦認為妳還沒學到教訓，他太小看妳，偏偏沒時間追加指導。開心吧！蘇小艾，他把管理權下放給我了。」刑玉陽折折手指露出無邪的笑容。

欸？

「不就是作惡夢？看來體力過剩，好好訓練保證能一覺到天亮。你們是怎麼說來著？This is Sparta?」

許洛薇趴在我的肩膀上，用小花的貓臉咧開嘴落井下石，「小艾，說不定妳也可以有腹肌了喔！」

我現在認輸可以嗎？打開開關的刑玉陽笑得和主將學長帶操時一模一樣，他們愈開心表示底下的人就愈倒楣呃啊啊啊——

Chapter 04 / 校園調查

翌日，戴姊姊沒回電話，我有點擔心她打算與我們徹底切割再也不聯絡，只好先去柔道社打聽朱文甫的消息。

畢竟我們社團裡什麼科系都有，在問到殺手學弟時中獎了。朱文甫不意外是企管系，至於殺手學弟爲何會讀企管，則因爲他的男朋友來自這個系又是學長，他本來就是爲了和男朋友有更多相處機會才來讀我們的學校。

「學姊忽然問起文甫學長，難道又捲入新的靈異事件？」本名葉世蔓的殺手學弟笑得很魔魅。

曾是天才乩童的殺手學弟精明得很，就算我不說出目的，他只要一查到朱文甫和戴佳琬的關係，總也能猜到重點，與其讓他擔心到找爺爺出馬盯我，還不如我主動引導對話。

葉伯眞的是個高人，但我們現在對高人有點過敏。

「之前和你提過讓我去溫王爺廟驅邪的神棍事件，受害者其實就是朱文甫的女朋友。戴佳琬前陣子自殺了，我最近有夢到她的跡象。」

「找妳託夢做什麼？」殺手學弟瞇起眼睛，笑容不見了。

「我就是想弄清楚這點，已經問過她家人，沒什麼進展才想來查查她生前的校園人脈。戴佳琬本科系那邊已經拜託她的直屬學長去問了。」沒提到刑玉陽的白眼，完美！神棍在戴佳琬頭七期間死得蹊蹺的事也暫時先別說好了。

「文甫學長早就畢業了，但他在我們系上很有名，不幸車禍去世時大家才知道他是有錢人，他家為了紀念文甫學長設了個清寒獎助學金，還承諾為本系畢業生提供家族企業實習機會。」殺手學弟滔滔而談。車禍新聞剛好發生在他入學前不久，他作為大一新生從學長姊口中繼承這個事件八卦與後續波動，印象很深。

殺手學弟補充感想，「說來這個學長也很有意思，家庭背景明明夠他出國留學，偏偏要來讀我們這間不怎麼樣的鄉下大學。」

這可難說，搞不好人家就是對文憑沒興趣。許洛薇原本也要被家裡送出國，不知怎麼抗爭到父母只要她國內大學畢業就滿足了。

不過殺手學弟提到出國留學的關鍵字，讓我意識到朱文甫不尋常的部分，有錢人還來讀我們的學校，可謂完全不在乎未來了。

「我聽戴佳琬家人說，朱文甫表現比較像低調上進的二世祖，又不紈褲，幹嘛不去讀好學校？難道和家裡鬧翻了？」我本來懷疑朱文甫搞不好是個騙子，只是打腫臉充胖子倒沒傷害戴佳琬，但殺手學弟的證詞又否定了我的猜想。

「事到如今兩個人都死了，實在很令人難過，難道佳琬學姊希望他們葬在一起？」殺手學弟推測。

我認為戴佳琬想要的不是同葬或冥婚，而是更讓人毛骨悚然的目標。

「就算是我也不想被朱文甫的家人當成神棍，學弟，可否打聽一下學校裡還有沒有他的熟人？比如說研究生和老師。還有幫我翻拍一張朱文甫的照片，畢冊或活動照片都可以。」

「小艾學姊，妳眞的要調查這種事？佳琬學姊死得冤，再說託夢為何不找家人？我覺得裡面不太單純。」

該死，他太敏銳了。

「她的家人沒辦法感應靈異。相信我，這是為了幫朋友，再說我已經被捲進去了，放著不管比較危險吧？」

「這倒也是……那我就去幫小艾學姊打聽打聽。」

「大感謝！還有，先不要告訴你阿公這件事，薇薇的存在已經很尷尬，我不想更複雜下去。你也不要太深入以免引起別人注意，我只要找到朱文甫的熟人就夠了。」我不忘下但書。

殺手學弟深深地凝視我，久到我忍不住要開口問他這樣看的意思，他才用一種寵溺的口吻說：「學姊不用跟我客氣的。」

總覺得很微妙，我們什麼時候變得這麼要好？難道男人被拍過腹肌照片外加褲子給對方穿過就是好朋友了嗎？

兩天後，殺手學弟給了我某個研究生的名字和朱文甫的照片，那人很少來學校，暫時沒拿到詳細個資，在找人聯繫目標前，殺手學弟希望先確認我的意思，我馬上請他交棒休息。

殺手學弟畢竟是有祕密的人，平常努力營造好形象，我不希望他爲了幫我，被人竊竊私語或和交往對象鬧矛盾。接替殺手學弟的是擁有主場優勢的公關高手許洛薇。

「妳在乎名節嗎？」我嚴肅地問紅衣女鬼。

「不會耶！」她答得超級爽快。

「那好，我換個問法，妳在乎毀人名節嗎？」

「咕嘿嘿～」

我和許洛薇經過一番和諧溝通，卑鄙無恥的調查行動就此展開。

許洛薇的電腦硬碟裡還存著她大學四年策劃活動到處交關拿到的通訊錄，那名研究生和我們同屆，只有在社交活動過目不忘的許洛薇剛好和企管系很熟，她說似乎有印象，我半信半疑打開資料夾碰碰運氣居然就找到聯絡方式了，至少手機、校內信箱與ＢＢＳ帳號沒變。

在晚上八點把人約出來後，姓盧的傢伙一臉防備地看著我。

「我記得妳是許洛薇的朋友，事隔這麼久忽然說有關她的事必須轉告是什麼意思？」盧姓研究生用冷漠掩飾緊張。

他實在不是個好演員。在許洛薇的愛慕者中，我也算是小有名氣的存在，除了許洛薇本人的餵食以外，還有不少男生依照「射將先射馬」的把妹定律私底下找我替他們美言幾句，我也順勢收了不少賄賂。

反正忠人所託就不算佔便宜，我也的確有說些不痛不癢的好話，只不過最後都會按照許洛薇的要求補上身材分數，一看就知道沒在練肌肉或目測體脂率不可能有腹肌立刻刷掉。

也許這個盧姓研究生當年也在委託之列？但我實在不記得了，頂多很確定他一副氣血兩虧的文弱書生模樣鐵定沒過關，但他現在對我們而言多出了「朱文甫好友」的價值。

「你漏了幾個字，是『超級好朋友』。」我可是依照許洛薇的原話一字不漏更正，紅衣女鬼更在一旁扠腰點頭。

「我還要修論文很忙，再說我和妳們完全不熟吧？」盧姓研究生相當不耐，每隔半分鐘就用鞋底摩擦地面。

我拿出深藍色天鵝絨盒在他面前打開，裡頭裝著一條高級精品女錶，錶面鏤空露出很多齒輪，鑲著小小的寶石非常古典精緻，深紅色皮製錶帶正是玫瑰公主愛用色系。

「我最近幫薇薇整理遺物時夢見她了。」

「什麼意思？」盧姓研究生表情更加僵硬。

用許洛薇這個藉口和校內舊生接觸這招可謂一石二鳥，甚至連玫瑰公主本人都不會起疑。表面上我是在調查朱文甫，換個角度想，難道不也是清查許洛薇人脈冰山下方的好機會？

任何對許洛薇這個名字起可疑反應的人都得被列入觀察名單。

「字面上的意思，就是夢見了。不太確定她想表達什麼才開始調查，畢竟她是我的好朋友，她一定是心願未了，還在這個世上徘徊。」我說到這裡抽空看了一下面試官許洛薇，她舉起雙手一邊比「ＯＫ」，一邊比讚表示「nice」，或許我可以出一本書，書名是《第一次當神棍就上手》。

「那跟這支錶有何關係？」他問。

「我從夢裡醒來後，裝著這支錶的盒子忽然掉到地上，我只記得夢裡隱約聽見朱文甫的名字。你向柔道社打聽就知道我這個人很不會記人名人臉，薇薇有很多追求者我都看過，但也有不少追求者是我不知道的人物。」我努力不笑出來，手錶當然是從許洛薇房間裡撈出來的高級貨。

許家父母為何沒有收走許洛薇的貴重遺物，讓房間保持她離去那天的原樣，我猜除了精神意義大於物質以外，說不定也有考驗我的用意在，雖然我不在乎被誤會，但不到眞正山窮水盡，我還是不想讓許洛薇賣掉最昂貴的那些珠寶飾品。

至少在這次的校園調查中，有個具說服力的道具方便許多。

「薇薇不會收追求者的昂貴禮物，何況她也不缺錢，我上網查過這支錶是男女對錶的款式，不禁懷疑那兩個人會不會私下交往過？我只是想找朱文甫的熟人確認一下，沒打算惹麻煩。」我放軟語氣安撫他。

卑鄙但是合理的理由，男女關係是最難驗證的迷霧地帶，誰可以證明我手裡這支錶不是朱文甫買的？雖然我知道名牌對錶是她大學時的第三個小開男朋友送的生日禮物，不過人家出國了死無對證。

「確認又想怎樣？文甫已經去世了，挖這些八卦誰曉得妳不是別有居心？」

很好，對方算有常識，搞不好還是無神論者，這是我一開始就考慮過的情況，畢竟我過去就是這樣的人。

「也許生前他們其實鬧翻了，薇薇想退回他送的禮物，要回自己的物品，為了當事人的名譽，我不會公開這些，但我要確認事情是不是我猜測的那樣。」

他的表情變得更扭曲了，這下子我總算確定盧姓研究生曾經暗戀許洛薇，搞不好直到現在仍然無法忘懷。

不像我和許洛薇滿足大小姐與管家的上下角色（雖然都是我在調教玫瑰公主），暗戀對象與好友先後離世又被勾起話題顯然帶給他不小的驚嚇，這個人了解但也嫉妒朱文甫。

許洛薇在盧姓研究生背後擺了個扶額昏倒的動作，一邊喃喃自語人氣太火熱了難以承受，雖然她現在的確很紅沒錯，可惜我的爆笑神經不像殺手學弟那麼脆弱。

「不可能！文甫有交往很久的女朋友！他絕對不會出軌！」盧姓研究生斬釘截鐵否定。

「劈腿這種事最好的朋友也不見得知情，我不就是這樣才來問你？」我好整以暇進入正題。

其實我知道這傢伙不太可能全盤接受我的說詞，最好的情況是激他出言反駁，如此一來我就能從中揣摩戴佳琬和朱文甫這對情侶的相戀細節，畢竟一切起因來自朱文甫的意外死亡。

「我完全不認識朱文甫，不過打聽一下他家似乎滿有錢的。有女朋友還在外面搞曖昧的人一大堆，說得難聽一點，他和許洛薇其實才是門當戶對，我覺得他們避著你私下往來的可能性更高，朋友喜歡上同一個女生很尷尬吧？但感情的事又無法控制，只好盡量把傷害減到最低，不知道就不會有人受傷……」

盧姓研究生咬牙，許洛薇本來站得離他很近，忽然掩鼻退開。

「我在想，如果你其實知道事實就不要再假裝了，做個順水人情替我把手錶送回去，幫我向朱家要回薇薇的遺物，也不用怕我製造額外的問題，我真的只是想幫薇薇了結生前的遺憾。如果是我誤會了，薇薇的魂魄其實附在這支錶裡，反正交給熟人送到朱文甫墓前，也算成全他們兩個了。無論如何，薇薇不希望這支錶被當成她的遺物遭父母收回去。」我盡量避免直接要資料或特定細節等可疑舉動，模糊話題能提供的資訊更多，範圍也更大。

我繼續裝神弄鬼，想試試他聽到許洛薇的亡靈有無任何心虛反應，不過研究生現在的注意力好像換到了朱文甫那邊。

「夠了！我真的不確定許洛薇和誰交往過，但一定不是跟他！文甫說過許多次、無數次！只有佳琬了解他！他有佳琬就夠了，如果她不幸先去世，他這輩子絕不會找第二個女人！」盧姓研究生吼出聲，像是要用聲波將我不懷好意的質問轟得粉碎。

「我知道聽起來很傻，但那兩個人真的就是這樣，當初是我鼓勵他去見網友。」盧姓研究生深吸一口氣說。

「朱文甫和他的女朋友是透過網路認識？」

許洛薇摀著臉走回我身邊，有如前面是座垃圾山；我也在這時聽見研究生的爆料祕辛：

「文甫高一時被綁架過，雖然家裡付了贖金把人完好無缺換回來，但他後來沒辦法去學校，只好在家自學，我也是自學團體的成員，雖然父母沒那麼有錢。」

接下來的故事就不那麼令人意外了，遭遇可怕精神創傷的朱文甫繭居不出沉迷上網，在自殺社群聊天室認識了被霸凌的戴佳琬。

想成為王子拯救塔中公主的心情雖然中二，卻是一個男孩子最浪漫的真心，所以他走了出來，建議戴佳琬選擇門檻不那麼高的鄉下大學，作為戴佳琬的引導者與保護者，兩人離開諸多束縛的原生家庭互相扶持，笨拙地過著單純隱密的新生活。

受過傷的王子與自我封閉的公主精疲力竭模仿著大家都會做的事，好融入群體，太過刻意的後果，顯得比一般人更加平凡無奇。

研究生被朱家人拜託和朱文甫上同一所學校照顧他，男方家裡其實不贊同朱文甫和戴佳琬在一起，但也不敢硬性拆散他們，姑且觀察著，至少對朱文甫而言這種轉變正向得可稱為奇蹟。

其實對戴佳琬也是。我偷偷在心底補了一句。

那兩個人像是在巢裡住得太久的雛鳥，雖然羽翼已豐，卻只敢拚命抓住樹枝顫抖。

至於擔任監視任務的路人甲研究生答應朱家何種條件他沒說，我也沒問，但一見面就感覺出他對我這個人特別具攻擊性，大概我依賴許洛薇這種類似受援助的情況讓他聯想到自身所以惱羞成怒，即使不是金錢，對企管系學生來說人脈才是金礦。

「有一件事我想知道，戴佳琬有參加朱文甫的葬禮或知道他埋在哪裡嗎？」

研究生眼神開始起疑，我明知不該偏離朱文甫的話題，但這太重要了非問不可。戴佳琬跑遍宮廟求的是「再見男朋友一面」，我在自己的失憶經驗中學到教訓，偏執行爲開始之前往往埋著一個糟糕事實。

我要代替刑玉陽找到眞正的線頭。

「她沒有參加葬禮，完全得不到相關訊息，我也被勒令不能說，這是有點過分，但考慮到他家背景並非無法理解。文甫的女友那時表現不太正常，朱家很擔心她在喪禮上大鬧，最近戴佳琬不是自殺了嗎？」

「你怎會連人家自殺都知道？」

「我是聽老師說的，其他系有老師去參加戴佳琬的告別式，我們學校自殺的人特別多，校內多少都會傳。」盧姓研究生回答。

好吧！初步排除這傢伙的嫌疑了，其實這種大海撈針的行爲很蠢，但我還是認爲許洛薇的死和學校脫不了關係。

還能怎麼挖掘情報呢？我看著盧姓研究生努力思考。不像刑玉陽那麼犀利，我能做到現在這樣已經是拚命把紙上談兵化爲實際行動了。

正當我踟躕不定，研究生掏出一張便條紙塗寫，然後抬頭看著我。

「小艾，那個人臭死了。」許洛薇抱著我的手臂說。

「我……」要冷場了，我不禁求助許洛薇。

「說些我的事情混一下呀！這都不會？」許洛薇這會兒又忘了臭，用指尖戳著我的腦門。

這麼簡單的事我爲何沒想到？等等，蘇晴艾都孤僻多久了，能客串神棍已經很厲害了好不好？不過我和柔道社的人可以從熱身聊到收操，說到底還是對象的問題。

正當我打算用許洛薇當擋箭牌爭取時間，研究生卻搶先開口。

「妳打聽的全部都是死人的名字，從出現開始視線經常停在什麼都沒有的地方，還用許洛薇的信箱寫信給我，坦白說，我覺得妳也有點問題。我可以給妳文甫親人的聯絡方式，這不就是妳想知道的？剩下妳自己處理，我畢業之後就要離開這裡，以後這些事情與我無關！我也不想再看到妳！」盧姓研究生說完把紙條塞給我，匆忙離去。

我想知道的事已經從你的嘴裡問出來了，朱文甫的好朋友。

原來我在陌生人眼中進化成恐怖人物了嗎？

「小艾，別理那種膽小鬼啦！」許洛薇發現我有點喪氣。

雖然說設計人家在先是我不好，現實裡試探別人本來就要付出代價，我只是修爲不夠，沒辦法心平氣和地吞下去。

「不查還不知道，朱文甫的家人曾經那樣對待戴佳琬，好像把復仇名單愈拉愈長了。對了，薇薇，妳剛剛怎麼突然說那個人很臭。」

「靠太近好像不小心知道他在想什麼了。」許洛薇語出驚人。

「我怎麼不知道妳能對陌生人讀心？」

「不是讀心，我只是聽到他在心裡想得最大聲的自言自語，妳把聲波想成餿水忽然流出來的感覺，就是那樣。」許洛薇方才才會跳開。

「所以他在想什麼？」

「應該說我覺得他有某種念頭，就像小艾妳有時候看著我的時候好像拚命在說：希望薇薇今天會帶好吃的食物回來。我就會特地買宵夜啦！」許洛薇解釋其中的差異，「他在想妳可能是記者派來的人，乾脆把朱文甫以前被綁架的事說出來，至於那種心態我也不會形容，消息沒外流就算了，萬一被當成新聞，那也是妳的責任不是他的。」

「惡意。」這個字眼忽然躍上舌尖。

「好朋友啊……」許洛薇意味深長地說：「就因為是好朋友，才會認真地討厭、嫉妒對方，然後一輩子都不會說出口。」

「那樣活太累了吧？還是他只是假裝和朱文甫是朋友？」我忍不住問同行的許洛薇。

「我想朱文甫人應該不壞，而且那研究生其實沒從這段關係裡撈到什麼好處，就像他說的，被對方父母拜託難以拒絕，一開始或許當作人脈投資，後來也習慣要照看朱文甫了，又有點同情這個人，所以知道狂美幻的暗戀對象和好友傳緋聞才會那麼不爽。」許洛薇說。

「妳又知道了？」狂美幻是什麼形容詞？金星語？

「直覺加上推理囉！不過這是第二個當機立斷抽身的活人了，小艾，像他們這種怕死又怕麻煩的反應其實很正確。活人最好只煩惱自己的生活就好，唉，好懷念我活著的時候。」女鬼摸著身上的血衣。

許洛薇比我會看人，我習慣把陌生人往壞處想，她總是在這種地方讓我自慚。其實我也不想這麼小氣，但我沒有受傷的本錢，只能提防著別人，不斷後退保護自己。

「妳死都死了也沒辦法啦！哪天想投胎記得提前和我說。」我只能這樣回答。

「嗨嗨！」許洛薇沒誠意地敷衍。

「我今天造了不少口業，薇薇。」

「沒差啦！」許洛薇打了個大呵欠像松鼠一樣揉著臉。「反正刑玉陽已經逼妳抄很多佛經預備起來抵銷業障嚕！」

我就是不相信吃齋唸佛可以消業障才感到悲傷啊！

□

距離刑玉陽被推下月台樓梯已經超過兩個星期，我也在「虛幻燈螢」的避難借住兼修行來到第五日。平凡的一天從我和「虛幻燈螢」店長的晨跑開始，雖然我想把這幅畫面命名為「垂死的逃跑奴隸和變態工頭」。曾幾何時，刑玉陽也被我列入變態名單了。

這個人從主將學長手中堂堂正正接下管理權後，我才發現刑玉陽隱藏的鬱悶似乎有點多，先前以為他活得有夠恣意瀟灑，颱風般的起床氣加上旁若無人多管閒事等等，刑玉陽到底有多少情緒要發洩，以致於都練出六塊腹肌了還不放過自己還有我？

刑玉陽的一天得從前夜說起。

「虛幻燈螢」營業到晚上十點，通常九點半他就會開始打掃店裡，關門之後大約花一小時準備明天開店營業的材料，先烤好隔日要賣的餅乾，然後洗澡讀書，凌晨十二點準時入睡。

曙光乍現時刑玉陽會先起床運動四十分鐘，發洩掉必須笑臉迎人一整天的負面情緒，沖澡睡回籠覺（小確幸乎？），早上十點開店，上午生意較清淡，沒客人時他就趁機打掃咖啡館內外，烘焙下午茶搭配的西點，將放得較久的手工餅乾下架，總之分批消化營業要處理的瑣事。

週五是公休日，平日配合主將學長的休假時間偶爾也有下午才開始營業的情況，那就是前一天他北上找主將學長切磋武術去了，兩名高手保持著至少兩個星期對練一次的習慣。

看起來單純，其實是千手觀音般的工作表。我住進刑玉陽爲主將學長保留的客房後，最痛苦的就是黎明運動時間，只要沒下雨就要繞著「虛幻燈螢」周邊馬路跑十圈。

那十圈加起來應該有五千公尺以上，跑步不是我的長項，但因爲有個單眼白目的惡鬼在後面追，我不敢停下來休息，不記得自己怎麼跑完，只覺得很想吐。有時下雨，我才剛感到開心，結果刑玉陽拿出木刀說要教我揮劍，整整半個小時他完好的左手沒停過，必須有樣學樣用雙手練劍的我眼淚都快要飆出來了。

雙臂被乳酸堆積廢成鐵手，我累得像條狗趴在桌上，他大哥還一副「公子陪妳練劍是妳的榮幸」，沖完澡換回睡衣補眠，過沒幾個小時又是爽颯登場的夢幻咖啡店長。

但我還是咬牙陪他捱過每一天，不是因爲情和義値千金，也不是因爲他手上拿著主將學長的尙方寶劍，而是在我第一次跑步途中停下來大叫要求循序漸進時，他冷冷地對我說，他不是我的健身教練。

「妳不要以爲自己是女生，惡靈就會對妳手下留情，就因爲妳是女生——還長那麼矮，妳必須比滿臉橫肉的壯漢更強才能嚇住它們。」刑玉陽按著我的頭，把我壓得更矮。

「我就是這樣想！」我挺直脖子用力往上頂，氣喘吁吁回答。

「我不是訓練妳參加比賽，妳想活下來不能只靠覺悟，必須連身體都習慣危險，挑戰極限，把膽子練大，不怕幾個鬼就代表勇者無懼了？妳害怕的東西太多，連我都看得出來，盯上妳的髒東西豈會不知？」

刑玉陽的話扎得我很痛，太準確又太狠了，連一絲絲反駁的餘地都不留給我。

「累得半死難道就不會怕了？」

「妳跑完就知道。」

衝著他這句話我硬撐著跑完，回到店裡之後，刑玉陽說一瓶冰礦泉水一千，我還真的不怕了。

我喝到一半恢復清醒含淚問他能不能只算五百，然後打算衝去灌自來水，被他拉住要我喝完，又拿了兩瓶更高級的氣泡礦泉水免費請我喝，向我道歉並承諾他以後不會再開和錢有關的玩笑。

再多彌補依然不能改變一件血淋淋的事實：刑玉陽其實就是個可怕的人。

心理不平衡的我於是也去要求許洛薇的百米成績，誰能明白我恨鐵不成鋼的苦心？人家眞的沒有遷怒哦！

刑玉陽以往都是衝刺跑完再接其他動作或緩和運動，現在鎖骨受傷就改成負重快走，我要是敢落在他後面就死定了，之後他會做些簡單早餐，我吃飽後稍微休息一會便開始內內外外整理環境，等到「虛幻燈螢」開始營業，我就趁機外出調查情報或做刑玉陽給我的指定功課。

比起操體能更痛苦的是意志力訓練。

「妳在夢裡有想到唸一些咒語或經文嗎？既然是清醒夢，在夢裡也能有所行動，別說妳都在浪費時間。」刑玉陽儼然通靈試驗考官的模樣。

我的視線東飄西飄。「那又不一定有用。」

「試過才知道，而妳試都沒試。」

「你又有在夢裡唸經驅邪過？」我反問。

「沒有，我沒這種需求。」刑玉陽很踐地否定。「蘇小艾，廢話少說，給我背！」

看經書我不討厭，背了還要被考默寫卻是另一回事，考不過就沒有賣剩的點心和美味員工餐，麵條配罐頭我還不如回家自己煮。

「妳在我這裡吃了這麼多高熱量食物，喝咖啡就喝咖啡，加什麼奶和糖！幫妳消耗掉多餘的卡路里還不感謝我！」

刑玉陽比我還在乎我的身材，簡直莫名其妙！

「你自己都不吃那些快過期的食材好浪費！還有我不是喝咖啡，我是喝咖啡牛奶！」我回嘴。

「我自然有辦法消耗，誰規定一定要自己吃掉？」刑玉陽不屑地看著我。

最過分的是，默寫和背誦過程刑玉陽還在旁邊開白眼監視，不讓許洛薇偷偷提示我，許洛薇也說考試有我就夠了，裝出一副被經文傷得很痛苦的樣子，根本就是每次期中期末考逃避讀書的混帳德性！

雖說是同居，其實我白天得回許洛薇的老房子摘菜餵雞，衣服也還是在自家洗晾，照樣去柔道社練習，日子除了變得更忙還有刑玉陽是個虐待狂以外沒有其他感想。

對了，營業中的刑玉陽溫柔優雅得像是《魔戒》裡的中土精靈，我想叫他詐欺犯。

□

在許洛薇的老房子忙完日常庶務，我抬頭打量天色，有點陰，髒衣服還是留著明天洗好了，現在晾搞不好晚上會下雨。我餵好雞群，門窗檢查ＯＫ，我拔了幾把青菜裝在塑膠袋送去給巷口雜貨店的老太太——最近都在刑玉陽家打秋風，該大就大的菜不採收也是擺著爛，而且老太太還會塞零食蜜餞給我。

老太太剛好不在雜貨店，我把青菜放在櫃檯，和隔壁五金行阿伯打聲招呼便逕行離去。

如果當日沒打算外出調查或練柔道，刑玉陽要求我在下午兩點前回到「虛幻燈螢」繼續意志修行。

許洛薇不在我身邊，但現在才剛過中午，時間上還算安全，坦白說我有點懷念過去獨處的時光，現在幾乎二十四小時身邊都有朋友盯著，心理壓力有時也很大，我想許洛薇也一樣吧。

在貓樣賣萌的新技能修煉中，許洛薇和小花找到新春天，客人帶來的貓罐頭多到可以當存糧了。陪我回家鄉調查時，許洛薇也精疲力竭耗損不少，爲了這次惡鬼殺人事件可能會面對的靈異惡戰，我希望她能好好養精蓄銳，於是說好白天簡單行程就不需要她伴護了。

許洛薇給冤親債主那一爪應該夠我們喘息上好一陣子。

這樣想的我保持著時速四十五公里，不急不徐朝刑玉陽的店前進。

有人在看我？

背後一冷，寒毛全豎了起來。我瞄向後照鏡，什麼也沒有。

謹慎地降低速度，將機車停在路邊，起身向後看了一會兒，確定後方沒跟著可疑人士或動作奇怪的動物。

有如惡夢裡的怪物跟到現實，正在背後虎視眈眈，我後悔沒和許洛薇結伴同行。

但我無法分辨看著我的存在和夢裡的視線是否屬於同一個人，說到底，就算不是錯覺，這種古怪緊張感也只能說是難以分辨的飄渺直覺，我還沒在落單狀態下看過鬼魂，現在可是白天呢！

但許洛薇的偵察能力有時又不太靠譜，當活人死人小仙妖怪在她眼中看起來差不多時，她只會覺得經過的地方很熱鬧而已，就連上次也是我先指出雜貨店老闆的幽靈。

先回「虛幻燈螢」再說，又一次感謝主將學長讓我搬進刑玉陽家的先見之明，這時候我超需要庇護處！

我不理會那道跟在背後若有似無的視線，朝後方比了個中指繼續趕路。

牽著機車衝進「虛幻燈螢」庭院後我得意地扠腰回頭，眼下倒是沒有被跟進來的感覺。我很自然地從店長專用通道鑽過被姑婆芋略略遮起的石板小徑從側門進入，換了套襯衫與長褲，又穿上印有店名的茶色圍裙，這才回到一樓店面。

雖然刑玉陽說我可以做自己的事，我還是自動自發幫忙店裡生意，原因無他，看準了刑玉陽是有來有往的性格，事後還會給我一些好處，不意外的話就是我最喜歡的餐券，或者就當打工換宿也好。

走進櫃檯時，我下意識掃瞄今日來客狀態，然後華麗地石化了。

誰能告訴我窗邊那個穿著手工西裝的灰髮中年人為何出現在這裡？

蘇家族長兼我的堂伯來「虛幻燈螢」突擊啦啦啦啦——

Chapter 05 / 雞群之死

「蘇小艾，妳來了正好，替我把冰滴咖啡端給那位客人，他等很久了。」刑玉陽肩傷未癒，原則上還是盡量減少端盤子的動作。

我還停留在危險人物出現在店裡的衝擊中，刑玉陽見我沒聽到又說了一次，察覺不對勁。

「妳認識他？」

「呃……蘇靜池，我堂伯。」我呆呆地回答。

「知道了，端過去。」刑玉陽把滴了很久的冰咖啡端給我，冰滴咖啡沒列進「虛幻燈螢」價目表裡，因為一人店長忙不過來，一天只能滴那麼幾杯，通常是熟客問起才限量供應，賣完他就不再做了，主要還是他自己想喝。

從刑玉陽剛才的發言判斷，他特地為我堂伯製作價目表上沒有的店長私房飲料，這是超級VIP才有的待遇，他這麼欣賞蘇靜池？

蘇家族長在這時放下手中的書，轉頭一手搭著椅背朝我打招呼。

「小艾，妳終於回來了。」

縱使心中有千言萬語，瞄到蘇靜池桌上剛喝完的奶茶空杯，我冒出口的卻是：「靜池伯伯，你喝奶茶又喝咖啡，這樣晚上不會睡不著嗎？」

「這樣剛剛好，我晚點還要開車載小孩子回崁底村。」蘇靜池回答，開長途車需要提神。

「你沒事怎麼會出來？」蘇家族長就是象棋裡的「帥」，看起來很帥但其實很衰，只能住在田裡，冤親債主最想幹掉族長或族長後代，而蘇靜池最大的弱點就是他的雙胞胎，兩個命中註定早夭的十歲小男孩。

我則是這兩個孩子的圍牆，這是我不能逃也不能倒的原因之一，假如我死了，蘇星波和蘇星潮絕對會是下一批受害者。

「帶小朋友們去探望外公外婆，總不能一直都關在家裡。」

「堂伯母的娘家在這邊嗎？」我吃驚地問。如果眞的是就太過巧合了。

「從那邊開車過來要一個半小時，我趁空檔出來看妳。」堂伯照例保密作風，不透露多餘私人情報。「那邊的家神和祖先不弱，讓孩子多去走走也好。」

離開溫千歲保護圈有一定的風險，但堂伯是傻到換壽給兒子的好爸爸，不忍心讓雙胞胎和其他親人斷絕聯繫，和戴佳琬雙親兩相對比令人感慨萬千。

我收走喝完的空杯子，迎上刑玉陽要我解釋蘇家族長爲何找上門的探詢目光。

「能不能讓我和堂伯聊一會兒？我問問他怎會知道我在這裡。」我比刑玉陽更在意蘇靜池鬼神莫測的動向。

「妳不是我的正式員工，要做什麼隨便。」

於是我用「虛幻燈螢」的漂亮杯子裝著二合一沖泡咖啡，脫下圍裙蹭到堂伯那桌。

面對面坐下後，我看著堂伯舉杯啜了一口冰滴咖啡，銀框眼鏡後的眼睛滿意地微瞇。蘇家族長這身打扮在崁底村中代表莊重老派的頭人地位，看習慣不覺得有什麼，一票阿伯出門只要不是種田都喜歡西裝皮鞋，但我忽然意識到，堂伯整個人移到花花世界中加上那身氣質實在不同凡響。

比如說放在旁邊的黑色圓頂短沿硬禮帽就非常有英國紳士風味，我是第一次看到在台灣穿西裝還會戴正式帽子的男人，後來才知道堂伯眞的留過英，Ph.D還是在倫敦讀的。

本來是留學時養成的著裝習慣，後來是老婆喜歡，再後來是雙胞胎喜歡，堂伯就一直維持講究的正裝風格了，這件小事讓我更確定堂伯不是普通人物。

「小艾不是在打工嗎？」

「沒有啦！只是朋友手受傷來幫他的忙。伯伯怎麼知道我在這裡？」總不可能是用兩根鐵絲探測出來的，我當下懷疑他在學校或住家附近安排人手監視我很久了。

「二叔說過妳大二開始借住在朋友家，後來我繼承了地址資料，找到妳的住處，不過妳似乎出門了，便向附近鄰居打聽，巷口雜貨店老闆娘說妳最近常常去一間咖啡館工作。」

堂伯你眞的不是MI6退休的嗎？穿得像福爾摩斯難道是爲了方便迷惑師奶打聽我的情報？

我和雜貨店老太太以物易物交關感情時，長輩難免會問起我最近幹啥，而且問得很細，我只能盡量用在學長店裡幫忙的藉口搪塞，表示沒有游手好閒。「虛幻燈螢」的位置和店長資訊難免洩露出去，本意是幫刑玉陽宣傳生意，但知道我被冤親債主追殺的蘇家族長會如何看待蘇晴艾極少數的人際關係又難說了。

「鄰居說妳最近晚上都沒回來，那位年輕人是男朋友嗎？」堂伯望向吧檯語氣淡然問。

我被廉價沖泡咖啡嗆到，這太驚悚了。

「絕對不是！他是跟我一起抓神棍的學長。」

「嗯，還有一個是警察，原來店主不是聯絡王爺廟的那位。」

「那個也不是男朋友，是我們柔道社的主將學長！」我目眥欲裂澄清。

在返鄉之旅中，我犧牲神棍事件情報換取繼續隱瞞許洛薇的存在，再說期待蘇家族長會一無所知也太愚昧了。

我告訴葉伯神棍事件時特別強調，只要不提到許洛薇，其他事情都可以不用瞞著蘇靜池；和堂伯相處時我也略提預約王爺廟驅邪的動機，但他顯然比我預期中知道得更多。

我死也不信蘇靜池只是難得出趟遠門，還特意從目的地開車一個半小時繞路來看我，他怎麼知道我最近又捲入新麻煩，難道殺手學弟背叛我向葉伯告狀？

「你應該不是專程來喝咖啡的吧？」

「葉先生說妳最近生活不太平靜，要我多關心妳，正好有機會就過來看看了。所以，小艾，妳是住在這位『朋友』家嗎？許洛薇的家出了什麼問題？」蘇靜池問。

我的冷汗可以用來洗澡了。

「有問題的不是我，是我朋友，我只是幫忙警戒順便歷練一下。」

「怎麼回事？神棍事件還沒結束？案件相關主角忽然都去世了，此事看來頗爲凶險。」

都查到這個份上了嗎？屁股下像是有十隻刺蝟在跳舞。堂伯背景有多硬我現在深深地明白了，再說蘇家族長不費吹灰之力就找到我的最新據點，若說爺爺的能力是柔道和霸氣，堂伯好像在知識推理上特別突出，所以我一開始就覺得他像刑玉陽的進化版本，還有錢有勢，和這個人鬥心機你玩不過他，直來直往才是正解。

「具體情況我得先和學長討論，他們同意我才能說。」我期期艾艾表示。

「好，妳去問吧！」蘇靜池相當體諒我的龜毛和保留，他這麼大方在我眼中看來又有另一種含意——就算妳不說，我也有辦法查出來。

我走到吧檯途中撥通主將學長的手機，任其響了幾聲再掛斷，若主將學長有空應該會留意吧檯監視鏡頭。

我如實轉告蘇靜池的意圖，和刑玉陽一起打量坐在窗邊等待的蘇家族長，好像看見一隻優雅慈祥的銀框眼鏡老灰狐狸穿著西裝在曬太陽，亂詭異的。

蘇靜池是我的靠山，但他手段一出我肯定連懊悔的機會也沒有，藉助他的力量必須慎之又慎，萬一他找個高人連許洛薇一起收掉，換我欲哭無淚。

「主將學長來簡訊了，他說交給刑學長你決定，他沒意見。」我輕聲向刑玉陽報告。

「既然目前我們不能確定會不會還有其他人受害，沒必要拒絕新的援助管道。該說多少妳自己拿捏。」刑玉陽也很乾脆。

「了解。」

於是我向蘇靜池大概解釋目前發生的死亡事件，背後糾結如蠱壺的人際關係，各種不祥靈異跡象，雖然不像蘇家綿延多代，但我覺得其中的業力也夠重了，按照凶死人數的增加速度，搞不好厲鬼想在這一代就把冤家全部幹掉。

蘇靜池愈聽表情愈發凝重，最後連咖啡都不喝了，進入專心思考的狀態。

末了他這麼說：「蘇家歷來禁忌中，有一條是不去觸動別人家的冤親債主。小艾，我對妳提過因蔓業果的比喻了。」

換句話說，蘇家人避免業力惡化的教條也包括自掃門前雪？很有道理，但我忍不下去。

「靜池伯伯，我很怕死，所以才要自救。夢見戴佳琬這件事一定有某種意義，只是我怎麼猜都沒個確定答案。你可以幫我分析嗎？」移動圖書館都出現了，還不趁機查詢資料不是傻瓜是什麼？

「佛家將煩惱又稱爲『隨眠』，隨著睡眠不放或隨著睡眠而來的事物。特定的亡者託夢，可說是一種正在迅速增長的業力，現在或許還沒成眞，與許會在未來成爲某些具體事件。」蘇靜池略加思索後回答。

「隨眠啊……」戴佳琬變成我目前的大煩惱，這點的確貨眞價實。

如果說我活到現在學會哪些教訓，其中至少包括一條——煩惱不會「只是煩惱」，煩惱會變成某些現實問題，比如說表現失誤、情緒失常和疾病痛苦，甚至是死亡。

我沒有賭一口氣，爲了自尊離開許洛薇的老房子庇護，而是在快被黑暗思考沒頂時，逃向柔道社，逃向菜園，做任何可以讓我暫時不被煩惱綁死的事。我承認自己能力不足。

我想，臥軌自殺的父母在失常嗜賭之前一定有許多煩惱，我只是經歷著他們的收入煩惱就喘不過氣，無法想像養一個家、作爲健全的大人，工作買房孝順父母生兒育女壓力有多大？

不，也許我知道一點，所以我想都不敢想，乾脆放棄當正常人。

「小艾，夢是一種警告，妳現在要退出還來得及，溫王爺可以保護妳。」

「我知道，王爺已經當面跟我說了，但我現在還沒辦法回崁底村定居，蘇福全殺我爸媽，還差點殺死我，不能就這麼算了，起碼也要想辦法讓他被陰間關起來。另外佛家不是要我們積極斬斷煩惱嗎？」君不見許洛薇斬冤親債主那一下至少可以讓我們輕鬆好幾個月，下次我一定要她多斬幾下，溫千歲也是把敵人剁碎的簡單粗暴派。蘇靜池看起來像要嘆氣，最後沒做出這個動作，只是又啜了一口冰滴咖啡。我央求他推敲戴佳琬詭譎的自殺手法。

「自殘而死有沒有可能是某種書上找不到的邪術？」堂伯見多識廣，說不定他會聽說一些江湖術士祕辛。

我等了很久很久，蘇靜池才再度開口。

「國外有類似的案例，小艾，我是說類似。」他強調那個字眼。

「那……」

「舉國一起驅邪逐鬼的『大儺』都是正月舉行，換句話說，若眞要找個新舊交接鬼門開的月份當禁忌，陰暗冬藏的十二月或一月還比較合理，七月鬼月只是統治者的宣傳手法。」蘇靜池冷不防換了個方向舉例。

「但現在大家都覺得七月就是鬼月呀！」我說。

「沒錯，『大家都覺得』這就是信仰的力量。」

情人節要送巧克力，端午節要包粽子，中秋節要烤肉，聖誕節要送禮物，我們對許多習俗深信不疑，至少廣受影響。

「國外的案例到底怎麼一回事？我想知道。」我再度要求。

「錯誤百出的黑魔法儀式，出處最後被證實是網路惡作劇謠言，卻發生各種靈異現象，陸續出現犧牲者，彷彿有什麼東西被召喚出來一樣。」蘇靜池道。

「那眞相是什麼？」

「重點就在這裡，從來沒有人能理清眞相，因爲活人無法清查死者的世界，只有造成損傷的現象。戴佳琬的情況我會猜是『自我實現預言』（Self-fulfilling prophecy）。」

戴佳琬想成爲厲鬼，所以她化身厲鬼，自殺手法是她對自己的預言，只要達成這種痛苦的自殺方式，她就可以冤魂不散。

「這種事可能發生嗎？」

「修仙不就是想成爲神仙所以拚命努力？有時可能會得到不可思議的能力，修行方式經常也只是靠人們的想像。願望的力量比儀式大多了，儀式只是引導，甚至不需要根據。」

蘇靜池的意思是，如果我承認修仙是眞的——祖上有實際案例——那麼化爲厲鬼詛咒仇人當然也可以是條路徑，沒有任何限制，只要願力夠深，就會出現殺戮活人的厲鬼。

所謂業，其實不容人類討價還價，不會因為儀式如何規定便能通靈成仙或消災解厄，總歸一句話：該出現的東西就是會出現。

堂伯留下令我震驚不已的推論回去了，我則癱在廚房一角靠著冰箱不斷琢磨他的話。

刑玉陽揪住後領將我拉直時，沉浸在思考戴佳琬事件的我才大夢初醒，提起回到「虛幻燈螢」途中背後疑似有雙眼睛在偷窺。

「這種事妳為何不馬上說！」

刑玉陽在我頭頂飆吼的音量讓我覺得他需要午睡了。

「現在是大白天，也不能確定到底有沒有東西在看我，一天到晚捕風捉影很好笑。」我坦白說出感想。

「蘇小艾，總有一天妳不知道怎麼死的！」

他這句氣話讓我無來由地抖了抖，刑玉陽總是無意中說出一些直刺我心臟的發言。

「以後出門把那隻貓給我帶上！」

「可是我想讓小花和薇薇休息，這也是為了我們大家著想，ＭＰ回滿比較穩。」我好想順手拿旁邊的鍋蓋頂著。

「妳嫌自己的血條太長？」

「沒有沒有……」

□

翌日，老房子的雞全死了。

兩年來，就算我無數次餓得口水直流，恨不得有新鮮的肉打牙祭，至多只是盯著那些咕咕叫的雞想想就算了，已經是老雞產蛋量不多，飼料費更是一筆省不了的定期開銷，我依舊不嫌麻煩照顧著那些雞。

有時候，我會刻意留些雞蛋讓母雞孵，孵出小雞時的狂喜會讓我好一陣子無暇煩惱，生活充滿期待，雖然成功養大的只有三隻，那些失敗例子是我後來不再留蛋的原因，寧願生活貧乏些也不想傷心了。

這些雞隻是許洛薇遺物中唯一活生生的存在，也是讓我不那麼孤寂的同伴，看著牠們就想起我和許洛薇手忙腳亂抱著一箱彩色小雞回家飼養的逗趣回憶。我早已習慣雞隻在庭院裡散步啄小蟲的祥和畫面，甚至颱風天還會將雞抱進客廳裡避風。

迄今我沒有完全崩潰，這群小小生靈的陪伴厥功甚偉，我原本想一直將牠們養到老死，至少照顧到確定萬一我走了還有人能好好接手，這也是我厚著臉皮說服自己住下來的理由之一。

我不可能帶著這群雞一起搬家，許洛薇的父母接收老房子後只會把雞隻送人。

許洛薇站在雞舍前放聲大哭，我則撫著一隻羽毛凌亂、早已僵硬的母雞吞聲流淚。

雞隻屍體幾乎都倒在雞舍中，顯然牠們是夜裡遭害。

「薇薇，凶手有留下任何痕跡嗎？活人看不出來的，像鬼汁那樣。」老房子一草一木我都爛熟於心，卻找不出遭人侵入的痕跡，如果是遭附身者進來殺雞，我不可能看不出來。

許洛薇點頭，指著西邊圍牆被石頭塞住的一個破洞，大小只有老鼠才溜得進來，又被落葉遮蔽，我從來沒放在心上。我拿掃把撥開落葉一看，石頭果然被挪開了。

「有個東西在我們院子裡移動的痕跡，像是廚餘塑膠袋漏水似，滴滴答答的，很濃的血臭腐爛味，從這裡開始，還到過門口和窗檯下。小艾，妳最好等下就去我平常淨化的地方裝水來沖乾淨。」許洛薇哽咽著舉起手指約略比劃。

「放在出入口的鹽也該換新了。」我心情低落地補充。

離家前，刑玉陽提到沒人住的房子防護力容易下降，給了我一些淨鹽，讓我裝在玻璃容器裡，放在窗口門邊等出入位置。用撒的不是不行，但容易隨著風吹雨淋擴大殺傷力，鹽與火這種殺器不濫用才能廣結靈異界善緣，正是生態平衡的道理。

四周忽然變得安靜，秋風蕭瑟，原來是許洛薇不哭了，紅衣女鬼身上散發的冰冷氣息凍得我腳踝發痛。

「我要咬死那個敢動我們雞的混蛋，撕碎！踩爛！」許洛薇一字一字咬牙道。

侵門踏戶不夠，還弄死無辜的雞隻，這樁攻擊讓我和許洛薇都陷入狂怒。

許洛薇和我達成共識，今夜就留在自己的地盤不躲不逃。我先折回「虛幻燈螢」告知刑玉陽新攻擊出現，並向他討淨鹽，最重要的是要求他不准跟過來，專心顧好生意，今天我要和許洛薇一起檢討反省。

我們只想著保護自己，卻忽略老房子也是需要保護的物件，那是我和許洛薇的棲身之所。刑玉陽就把他的陣地顧得很好，反觀我們呢？即使有防護，也做得不夠周全，才會讓惡靈有機可乘。

「淨鹽可以給妳，鎮邦說他已經請了半天假正在路上，叫妳不要輕舉妄動。」刑玉陽勉強答應，畢竟我已撂下狠話，就算他過來也會被我鎖在外面，他的報復行爲是把主將學長請來教訓我。

「我馬上就到了，不准輕舉妄動。」

主將學長眞是太了解我了，他知道我遇到這種事不會縮在棉被裡發抖，只會以牙還牙。

「放心好了，學長，在下不打沒把握的仗。」我當然不會輕舉妄動，相反地，還要嚴陣以待。

刑玉陽的淨鹽很特別，是用曬足一個月的粗鹽中，混合一千五百度高溫燒煉的竹炭，象徵火，黑與白也有陰陽之意。關於淨鹽他試過很多作法，覺得這種最簡單好用，重點是這邊擺一罐那邊擺一罐緊急狀況隨時能潑能撒。

我不知刑玉陽的淨鹽存量有多少，但他大方地給了我一包貓砂的分量，我猜他應該是每個月都要高裝檢的性格。

「我會找殺手學弟陪我去裝淨水，院子裡有太多要淨化的地方，一個人忙不過來。刑學長，你自己小心。」

「兌鹽水洗吧，該下馬威的時候就下馬威。」刑玉陽看來理解我的想法了。

這次同時放了兩個餌，就是爲了確定殺死雞隻的惡靈到底是針對刑玉陽抑或我。

我也不想多線作戰，才必須快點確認敵人的目標，如果蘇福全這麼快就能捲土重來，我和許洛薇必須立刻想出更有效的應對辦法，也要知會蘇家提早戒備。

倘若入侵老房子的惡靈不是蘇福全，那又會是誰？這個問題始終在我心中盤旋不去。

「朱文甫不像會做出這種事的人，再說他根本不認識我吧？莫非是老符仔仙？」目前遭遇的所有鬼怪裡，除了祖先的冤親債主，結仇次深的大概就屬老符仔仙了，我毀了他的生意、投胎復活的野望，還向不只一個城隍告狀。

殺手學弟幫我將小水溝的清水裝入寶特瓶與塑膠袋，他也被雞舍慘況嚇到。「還是學姊在絲瓜田遇到的那隻蛤蟆精跟過來了？」

我一愣，確實瘟千歲清掃地方妖異那夜，妖精殘黨也到葉伯家門口扔死鳥報復。

「我對妖怪沒經驗，癩蛤蟆最好別再來亂了。說到這個，是不是你把戴佳琬對我託夢的事告訴你阿公，讓他跟蘇家族長告密？」我想起還沒找殺手學弟算這筆帳。

葉世蔓要是嘴巴不夠緊，以後就不找他分享祕密了。

「冤枉！我什麼都沒說。」殺手學弟舉起雙手作勢投降，目光狡黠道：「而且小艾學姊也沒有事事都告訴我，難道不是這樣？」

「那當然，我自己都搞不清楚情況怎能亂放砲拖人下水？再說學弟你既然金盆洗手不做乩童，表示沒在修行守戒讓主神罩，靈異的事情還是別太有興趣比較好。」我就事論事，完全理直氣壯。

我對他的神明知識和乩童經驗感興趣，卻從來不打算讓他跟我一起打鬼，尤其是在我知道妖異差點能上殺手學弟的身之後。

殺手學弟垂下嘴角，看起來有些不高興，不過還是好脾氣地幫我蒐集淨化物資。

「崁底村的溫千歲很靈驗。」他天外飛來一筆。

「你是說溫千歲通知葉伯，輾轉勸蘇家族長來看我？」這個選項確實更有可能，總覺得溫千歲不是別人說NO就乖乖放棄的類型，這個不請自來的王爺叔叔一直想拉我當代言人。

「學姊才是，對靈異別太有興趣比較好，神明若願意幫妳，何必自己強出頭？」我的話被他丟回來。

「學弟你比我清楚讓神明幫忙要付出的代價，我不想當代言人，至少好朋友成功投胎以前都不想。萬一有機會、有手段讓冤親債主魂飛魄散，我不會客氣，但成爲代言人還要被道德禮法限制會很煩。」

就算不爲我自己，爲了雙胞胎小堂弟，還有日後在蘇家誕生的孩子，唯獨對蘇福全這個冤親債主，我很樂意心狠手辣。

殺手學弟的表情在背光陰影中有些看不清楚，他最後說：「我的大學生涯還期待著和學姊一起快樂練柔道呢！」

「謝謝你，學弟，最近我比較忙不去社團，會跟教練請長假，助教暫時就拜託你當了。」

晚上盡量不出門就能減輕所有人負擔，我也不是不會想，但惡鬼步步進逼，不得不縮減生活圈，這種事總教我難以服氣。

如果縮頭縮尾有用，我不如搬回崁底村，還有靠山可以請。到底要怎麼做才能反擊，現在還是一團亂麻。無論如何，修築防禦工事，全方位提升武力不會有錯，光老房子要善後重新淨化就夠我忙了。

我們一起到土地公廟拜拜，青煙裊裊中，殺手學弟神情特別虔誠，雖然他放棄神職天命，到底有幾分惆悵吧。

運了足夠淨水回老房子後，我快手快腳把殺手學弟趕回宿舍，期中考週即將來臨，雖然他一副當我工具人比較好玩的態度，這個時候身為前輩就是要踢他去溫書。

殺手學弟剛離開沒多久，主將學長出現了，他用最快速度趕來幫我收拾殘局，一照面就開門見山表示他只能停留三個小時。

「學長你可以不用來的……」我真心這麼覺得，不管是金錢或時間上，主將學長衝這一發很不經濟，明明我拍個照片向他報告就可以了。

「阿刑說妳哭了。」

我低頭猛盯主將學長的鞋子，刑玉陽你好樣的！

「我吃了牠們那麼多蛋，至少要讓這些雞安養天年。我以為今天牠們也是咕咕叫等著搶飼料，豈料走進雞舍全死了。」我再度被傷心情緒淹沒，只能暫且擱置雞舍問題，選擇先清理庭院裡看不見的污穢。

「真的是靈異因素導致雞隻死亡，不是傳染病或其他原因嗎？」主將學長職業病發作地確認。

「直到昨天這些雞都很健康，食慾也很好。如果生病了我一定看得出來，也不會這麼剛好同時在夜裡死掉。還有我們發現髒東西入侵的痕跡，我已經準備好淨化的鹽和水。」我說。

我怎樣也無法將雞屍當成廢棄物，許洛薇更是直接說埋在牠們長大的地方最好，於是我告訴主將學長已擲筊取得屋主「許洛薇」同意，要是以後有問題我一肩承擔，總之現在我堅持要把雞埋在院子裡。

「那就先把該做的工作完成，時間有限。」主將學長拍拍我的肩膀這樣說，拿起鏟子。

我們合力將死去的雞隻埋進庭院角落，我對主將學長說著每隻雞不同的個性和習慣，他只是不停「嗯」、「嗯」地回答我，低厚的嗓音讓人聽起來很有安全感。

有主將學長幫忙，掩埋工作很快就結束了。

「雖然不知道有沒有用，我會幫這些雞唸經超渡，謝謝牠們陪我度過這段時間。」沒想到刑玉陽的經文特訓卻是在這種地方派上用場。

主將學長將鏟子插進土裡，倚著把手看我。

他要開始訓話了，一個人過夜不安全我懂我都明白，不過我不會屈服的！我就是要待在這裡和殺雞凶手釘孤支！

豈料過了半天，主將學長還是沒說話，只是皺起濃黑的眉毛。

「學長你這次不勸我？」

「妳哭的時候決定的事情，別人說什麼都沒辦法改變，我已經知道了。」

我抓抓臉頰不知道怎麼回應，最後尷尬地笑了笑：「好像是這樣耶！」

「但我還是不同意、不支持、不喜歡妳這麼做。」

哇靠！連續三個不，他存心要我內疚多久？

「還有，不許再受傷了。」

「Yes, sir!」

主將學長來去匆匆，多虧有他幫忙，我才能在太陽下山前及時完成庭院和出入口的淨化工作。

刑玉陽說普通鹽水也有效果，我回去前就先繞去農會扛了包粗鹽，否則照我需求的程度，刑玉陽給我再多淨鹽也不夠用。他的淨鹽不難做，就是要花時間曬，另外竹炭有點貴，我現在也沒時間了。

我調了濃鹽水沿著牆根澆了一圈，惡狠狠地堵上那個小牆洞再撒把淨鹽，預設的幾把驅邪武器（物理方面）如拔掉頭的拖把柄和晾衣竿也纏上布條泡進鹽水裡增加威力，不管殺雞凶手下次是飄著來還是附身來，我都要叫他吃不完兜著走！

「薇薇，院子的防禦效果怎樣？」

「像赤腳踩在七月半大太陽下的柏油路面，妳再弄下去菜要鹹死了。」許洛薇跳著回來，看起來頗具效果。

「好，接下來是屋內大掃除，刑玉陽說除舊布新可以增強人的氣場，今晚不睡了！」我把毛巾綁在額頭上，化悲憤爲力量。

「甘巴爹！我在樓下溫習《斯巴達克斯》支持妳。」許洛薇表示她也需要化悲痛爲腹肌。

「想都別想，給我每小時巡邏一次，看到奇怪的小動物就用小花抓回來。」我懷疑入侵者是先附在老鼠或蛇之類的動物身上，或者本體就是小動物，鑽進小土洞，規避房子基本的守護效果，然後才攻擊我們養的雞。

許洛薇的能力絕對夠單吃蛤蟆精那類小妖怪，我擔心的是她的移動速度，當她是隻阿飄時，連隻蟑螂都能調戲她，但附在小花身上時她有貓類本能加持，動起來還似模似樣，這點說不定和許洛薇的變身型態類似貓科動物有關，她異形變身時能有多快，人形就有多遲緩。

「好嘛，做就做。」許洛薇也很認眞想要爲雞報仇。

有主將學長的監控、刑玉陽和殺手學弟各打了好幾通電話關切情況等背後支持的力量守護，這一夜平凡無奇地過去了，往後的好幾天也是，甚至連鬼夢都未曾出現。

一鼓作氣至此有點洩了，我可以晝夜顚倒，但現役警察不行，主將學長只要擔心我就會跟著熬夜，刑玉陽要我搬回「虛幻燈螢」讓主將學長好好休息。

刑玉陽那邊也沒出現靈騷跡象，先前大張旗鼓襲擊我們的惡鬼彷彿出國度假去了。

我把決定權交給許洛薇。

「我覺得去白目他家比較好，小艾妳緊張兮兮的我也很難放鬆，反正敵人出現我就揍爛目標，收工。」許洛薇和我一起盤坐在沙發上說出感想。

「這是妳的房子，我們難道不該讓它更安全嗎？」

「但妳做的是治鬼的措施，對我也有效，害我出入都要閃來閃去很不方便。」許洛薇忍很久了，不吐不快。「再說弄得很厲害敵人看了反而不敢來踩雷。」

我竟然沒有想到這個盲點。

「那該怎麼辦？刑玉陽那邊結界也不弱。」

「安全第一，妳之前不就是這樣打算的嗎？就算引誘敵人也要人家肯上鉤，我覺得至少先等白目的傷好，妳佛經背得更熟，不會被惡夢影響，再來談設陷阱實在些。」許洛薇說。

「妳說的也有道理。」我太貪心了，心愛雞隻被殺讓我差點氣瘋，這幾天冷靜下來，發現一意孤行讓大家跟著擔心我沒有比較好。

「反正只要有遇到我是一定會打，但如果又像蘇福全那次讓對方溜了伺機報復，一樣沒完沒了，不如趁現在找找有沒有一勞永逸的方法。」她盯著殺聲震天的腹肌戰士，美其名曰培養戰鬥意識。

「除了朱文甫那條線，戴佳琬的學弟妹也可以是打聽對象，我再試看看好了。」

許洛薇聽我這樣說，露出孺子可教的表情捻了捻並不存在的鬍鬚。

和學長們說好再住一天就窩回「虛幻燈螢」繼續原定計畫，集中防禦兼意志修行。我趁在老房子的這段空檔再度檢查房屋內外，確定不存在我沒發現的漏洞、淨水庫存夠用，還花了半天用毛筆沾水把佛經抄在牆上。之所以不是用油漆寫？我總得確定哪部經典最有用，先打個草稿測試免得浪費油漆錢。

如果堂伯的自我實現預言理論有用，我希望膽敢再偷闖老房子的鬼怪都被電得飛天。

亮。

做了這麼多努力，夜間時段又有許洛薇把守，我鑽進被窩時深信不疑這次絕對能一覺到天

chapter 06 / 夜車

無光空間中響起喀噹喀噹的聲響，我坐在某個柔軟的平面上規律搖動，過了好一會兒，我才意識到自己身處行駛的火車中。

莫名其妙的場景轉換，遲鈍的知覺反應——我又在作夢了？

一旦出現這種認知，周遭景色反而飛快清晰寫實起來，這也是我最厭惡惡夢的原因，明明知道看見的畫面都不眞實，這些虛假影像卻能困住我，有如暗示我也只是一張會動的照片。

等等，這次不是被鎖在戴家了，謝天謝地！

昏黃的燈光，懷舊的車廂配置，我和呼呼大睡的乘客一起坐在某輛莒光號上，正通過一條漫長的隧道，兩側車窗盡是深黑。

儘管如此，我還是覺得車廂裡只有自己一個人，看來乘客也是夢裡的布景擺設，假使整車都是鬼我會抓狂。

一切似曾相識。

搭火車通常是爲了前往爺爺家，爲了省錢，大人一般都選耗時但較便宜的對號車種，每次經過長隧道時，坐在對面的爸媽總是閉目養神，空氣特別沉悶，我則是幻想著火車會在黑暗中一直行駛下去，害怕又興奮地等待著光明再現；有時候夜晚搭車，出了山洞後黑漆漆的車窗瞬間染上黯淡燈光，有種舒懶又寂寞的感覺。

隔著玻璃窗看向現實世界的小孩子，並不會被那遠方的燈光灼傷，因爲家人就在身邊，火車會帶你到陌生的地方，也會帶你回家。

除非你已經無家可歸。

最後一次搭夜車時，再也沒有會把座椅轉過來變成包廂坐在一起的家人，只是個拎著大包小包狼狽又緊張的大學新鮮人。不像許多新生有家長陪同，那個叫蘇晴艾的小女生獨自前往新學校報到註冊，有如逃難一般。她的確是在逃難。

十八歲的我靠著椅背，用力忍住號啕大哭的衝動，還是控制不了眼淚悄悄淌流。

「小妹妹要去外地唸書嗎？」身邊乘客開口說話，是個頭髮留到耳下的中年阿姨。

「是啊！」我輕鬆地回答。

難道這次只是在作普通的夢？我摸了摸下眼瞼，乾的，剛剛回想起上大學前搭車去新學校的旅程，似乎也有在火車上和人說話的印象，大包小包的我實在很引人注目，但我只能將僅有的財產全帶在身上。

雖然欠下學貸，但也借到錢了，這趟夜車即將帶我前往另一段新生活，只要夠努力就能活下去，哪怕父母雙亡、被逐出家族也無所謂，我就是這樣想。

會認識新朋友嗎？我不是很有興趣，從小到大只遇過交情還可以的同學，從來沒去過別人家，也沒邀請別人來我家。但以後一定得和人合住了，我得小心別得罪室友。

會和某個男生談戀愛嗎？還是不要好了，花錢又浪費時間，而且過去也沒人向我告白，我有自知之明自己不是會吸引異性的那一型；怪的是我也沒暗戀過別人，喜歡的都是漫畫人物。

「妳臉色好蒼白，身體不舒服嗎？要不要喝點水？」鄰座阿姨好心地問。

我點點頭，拿起還剩一半的瓶裝礦泉水喝了幾口。

反胃感稍退，但全身無力，說不定暈車了，我癱在座位上感受火車的搖晃。人類的知覺很奇怪，夢裡不管發生什麼事，平凡無奇也好，荒謬恐怖也罷，你我通常不會干預夢境發展，而是聽之任之。

我在重溫這段夜車回憶時也一樣，單調地坐在火車上，偶爾和路人交換禮貌性問候，然後表現出身體不適的模樣閉上眼睛圖個清靜。

醒來又是各式各樣的壓力，在夢裡——還沒有認識大家的夢裡，偷個懶不為過吧？

當鬼的感覺會不會和作夢很像？沒有身體卻依然有感覺，累積記憶，就像我在夢裡行走、喝水，看著形形色色的景物，甚至大吼大叫，現實的我其實正閉著眼睛躺在床上。或許用我在佛經裡看到的說法——現實才是一場夢境。

許洛薇也有這種疑惑嗎？所以她拚命抓著在乎的事物，也只在乎那些事物，不管多麼可笑，確定「當下」真的存在比什麼都重要。

「我」存在著，活著時至少有身體為證，會餓會痛會流血，但在精神出了問題的人眼中，醒著睡著都像在作惡夢，對自己的身體又能多珍惜呢？體能和人際關係都比我還脆弱的戴佳琬，至少在符術引發的幻覺中撐了好幾個月，只能說她的發瘋是必然的。

中年阿姨就像是配合我的回憶般開口說出幾句關懷的話後就恢復為背景了，我也對她毫無興趣。

夜車繼續前進，如我所願不受打擾的無聊旅程，夢裡的搭車時間算算差不多天亮，下車之後也許就會醒了。我朦朦朧朧地估算著。

莒光號開始煞車減速，又進入某處月台，這次是哪一站來著？我沒聽清廣播，等等，方才有廣播嗎？這就是作夢的壞處。

乘客紛紛起身下車，我也混在人潮中，走著走著，咦？怎麼又看見剛才的月台？

我急了，站在樓梯中央陷入兩難。

是要追上剛才那輛火車，還是想辦法離開車站？

這是夢，不管選擇哪一邊，也只是繼續作夢而已，照理說我不需如此緊張，但在夢裡所有反應都是直覺，我會感到焦急表示這個夢將要進入可怕的部分，這次不能再拿刀亂捅了，否則又會被刑玉陽碎碎唸。

我東張西望，大聲向每個經過身邊的旅客詢問，卻無人搭理我，更未發現任何關於站名的線索。

發車鈴響了，還沒想起終點站是哪裡的我本能想要衝回車上，至少這裡並非我想留下的地方，有股盲目的信心迫使我認定莒光號會帶我到安全之處，唯有前往新學校那一夜的那班列車能載我逃離空無一人的黑暗客廳。

才剛抬起腳，意識裡忽然又閃過車站外牆的影像，這次卻多出了鮮明的站名。不是目的地，卻讓我湧起強烈的不安，只覺這個車站難以忽視。

剎那間我懂了——這是刑玉陽出事的車站！

好不容易想起線索，一隻手無聲無息貼著我的後背用力一推，我立刻失去重心向前撲倒。

這一推讓我回到現實。

甦醒瞬間，身體只是微微前傾，本能察覺立足點並不穩固，我站在某個搖搖晃晃的東西上，隨時可能摔落。

下一瞬我又發現，搖搖晃晃的是自己，照理說我的平衡感沒那麼差，現在身體卻像閉著眼睛罰站般不受控制。

我喘不過氣、呼吸困難，脖子好像被什麼勒住，雙臂失去知覺無法舉手確認，眼前一片熾亮，所有東西的輪廓卻都嚴重模糊。頭昏腦脹看不清楚的狀態持續了好幾分鐘，久得我想尖叫，我甚至以為自己換了個惡夢，但膝蓋微彎隨時準備撐住身體的防禦動作、喉頭異常的壓迫感，在在都表示著，我用一種極端糟糕的姿態醒來了。

這回我沒有站在頂樓邊緣，腳下只有一張高腳椅凳，脖子被童軍繩綁成的絞刑結套住，整個人半掛在吊扇下方，四周則是照明亮得令人不自在的客廳。

這時若有人抽掉椅子，或我不慎踏空失去重心，就算叫救護車也來不及了。

「嘶——」叫不出聲音，我最後求援的手段亦告失敗。

冷靜下來，蘇晴艾，妳還沒有死，如果敵人要妳死，這一路上就能弄死妳了。

目前為止發生的一切都是有意義的，只是我們將拼圖放錯位置，關鍵是，這些碎片出自同一張圖。只是這樣的處境和身體狀況要冷靜思考難度實在太高。

這不是我的冤親債主……吸氣，吐氣，不是蘇福全，所以她留了我一條命，另有謀算。

「她」？我幾乎是憑直覺狂亂推測，這個有著女字邊的代名詞自己躍了出來。只能是「她」了吧？戴家，上吊的姿勢，最讓我心驚的是，面對大門的角度。

戴佳琬要我等待什麼？不，應該問，她曾經等待什麼？

主將學長曾說戴佳琬想要逃離這個家，才會面向大門上吊。

這句話可以說對，也可以說不對。戴佳琬是想逃沒錯，但放棄生命前她在等待一個人，被掛在死亡邊緣感同身受的我，此刻無比希望大門敞開，衝進一個救星放我下來。

但我從來不期待千鈞一髮出現奇蹟的概率，比如第一次被冤親債主帶到頂樓邊緣時，如果我不努力反抗，那麼在許洛薇掙脫地縛影響爬上來之前我就摔死了。

做些什麼！即使無法呼救，我還是能聽到聲音在心底嘶吼著。許洛薇的附身訓練、主將學長的戰鬥訓練，以及刑玉陽的體力訓練，都是要為我提高存活率，只要不馬上被逼到極限，我就有喘口氣等待救援的空間。

頭已經伸進繩套無法行動自如，但反過來說，只要身體不動，我暫時還算安全。我和許洛薇做過各式各樣的附身實驗，最關鍵的「發現」和「抵抗」，現在就是應用的時候了。

先前刑玉陽曾訝異我對靜坐的適應，他本來以為我絕對坐不住，那是他不懂，被要求什麼也不做，就只是坐著不動，對我來說卻像生病一樣，是某種被允許從生活壓力中解脫的特殊狀態，正大光明地發呆旁邊還有兩名護法再輕鬆不過。

關於被鬼附身的發現和抵抗，許洛薇上完身後說她就在我心裡，那處原本存在著心燈卻熄滅的地方。鬼魂最喜歡的陰暗溫暖之處，X光雖然照不出她在體內哪個部位，閉上眼睛時卻能看見空曠的黑暗，我的鬼室友就躲在那片黑暗中。

透過想像，我彷彿可以在心中握住許洛薇的指尖，但就在我要看見她的容貌並且幻想揍她一頓時，許洛薇就嬌笑著開溜了。

刑玉陽說靜坐內觀可以捕捉心魔，我現在要捉的卻是眞正的惡鬼，接著就是看我的體力和意志力能不能負擔一旦開啓就不能停止的對峙。

在朋友們發現我被綁架的位置前，得有這樣站上好幾個小時動也不動的覺悟。

我要讓戴佳琬知道，蘇晴艾才是這具身體的主人。

現實已經比夢境還可怕了，我闔上眼不再注視咫尺天涯的大門，開始內觀。黑暗中只剩下腳下一小塊椅面的觸感，我打定主意穩穩站著不動，同時數數，試著不去想太複雜的問題，例如許洛薇爲何沒發現戴佳琬入侵，還讓她附身帶走我？

兩百五十二隻雞、兩百五十三隻雞……

冷汗流過額角和背脊，室內溫度異常低，令人起雞皮疙瘩。快十二月了，天氣一直還沒變冷，頂多是雨多了點，現在卻像被掛在冰庫裡，有股說不出來的熟悉感。

對了，是太平間的感覺。

我曾在太平間陪著許洛薇的遺體等她父母趕來，那時很有經驗地從善書架上拿了本《地藏經》替許洛薇助唸。我其實只是不知道該做什麼，覺得應該要有人陪在她身邊，再交由她的親人接手。

許洛薇的父母因此極爲感動，後來對我相當慷慨，而我那時則被茫然的悲傷塡飽了，像顆快要破裂的氣球。

有件事說出來會讓人覺得我不正常，在太平間時我偷偷握住許洛薇冰冷的手，還叫了她的名字，想確定我不是在作夢，又要恢復孤伶伶一個人了。

仔細想想，怪異死亡陸續出現時，許洛薇一口咬定戴佳琬就是凶手，而我幾乎是立刻尋找戴佳琬不是凶手的可能；許洛薇看到明顯的關聯，而我則不希望那個女孩子變得更悲慘，無意識捉著各種可能性企圖替她開脫。

我一直以爲的同情，結果卻是更加危險的移情。

封閉的童年，直到成年都習慣待在鳥籠似的房間，沒有知心朋友，枯燥的求學生活，戴佳琬應該也搭過象徵未來的列車吧？否則不能解釋她如何利用夜車意象拐帶我的意識，那對她應該也是刻骨銘心的記憶。

戴家只會開車載她和行李到新學校，唯一的可能就是朱文甫說服戴家父母，兩個少年少女破天荒被允許獨立行動，或許是先上車後補票，這對年輕戀人半開玩笑開始了冒險。

「妳和我很像……」

和遇到許洛薇前的我很像，差別只是我的父母沒那麼控制狂，或許和我本來就內向戀家又擅長自我保護有關，從眾合群的防禦本能讓我不至於被霸凌者選中；戴佳琬有個叛逆的姊姊和同病相憐的男友，更加缺乏常識，她的青春比我要戲劇性多了，遭遇的不幸也比我多得多。

即便如此我們在關鍵處還是有許多相似點，例如，有仇報仇。易地而處，我恐怕也不會饒過那些傷害我的人，至多是報復手法有別。

「出來吧！戴佳琬，我和妳無冤無仇，妳到底想怎樣？」

黑暗虛空漸漸浮現一道人影，未著寸縷的身軀呈現蛆蟲似的黯淡白色，在漆黑背景中卻顯得有些刺眼。

她就在離我不到三公尺的地方，歪著頭，頸側傷口像魚鰓般微微掀開。

□

眼睛鼻子嘴巴耳朵皮膚人人都有，但只要其中一項出問題，對現實的看法立刻就會不同。

一旦確定被附身就閉眼放棄視覺減少環境刺激，我會這麼做是來自和許洛薇相處時的靈感。之前就隱約察覺自己不是用眼睛在定位許洛薇，有時我還沒睡醒卻很清楚她在老房子裡的位置，這大概是附身或同居帶來的感應。

會不會魂魄接觸過就會有這種感應？還是因爲我特別好侵入但也特別敏感？沒有肉眼的擾亂，反而更能感覺到戴佳琬的存在，第一個夢裡的執念的確是她。

我和她終於在意識中面對面了，死後的戴佳琬是否終於清醒，抑或瘋得更徹底？

「我好看嗎？」毫無血色的女人冷不防問。

和身體裡的鬼對話，有點像是自言自語，戴佳琬沒有許洛薇那麼強的存在感，她像某種有機溶劑溶進了我，彷彿她只是我想像出來的幻覺，更糟一點就是我的分裂人格。

「妳這樣問是什麼意思？」重點不是裸不裸，她看上去就是一具屍體，我還以爲厲鬼會變得「活」一點。

「我看起來是什麼樣子？」戴佳琬又問了一次，她好像眞的很在乎這個問題。

難道厲鬼沒辦法看見自己的長相？說起來鬼魂的確也無法照鏡子了。

「妳本來長怎樣就是怎樣。」我持平回答。

「我看不到妳，我只知道妳冒出來了。」她說。

這一點我不意外，刑玉陽告訴過我鬼魂意識有限，腦殘或偏執聽起來好像很好閃避，但萬一你進入對方瞄準範圍麻煩就大了。

戴佳琬的意思是她看不到我的魂魄?敵在明我在暗，表示對我有利嗎?

我立刻揮掉這個天真的念頭，她明顯知道我在哪裡，有利個毛啊!

「妳殺了鄧榮和吳耀銓。」我這句話已經帶了八、九分的肯定，雖然還不清楚實際手法。

「他們不該死嗎?」她輕柔地反問。

我想回答法律有比例原則，但話才要出口又吞下去。對當事人來說，傷害永遠難以估算。

「那我就該死嗎?」我換了個方向質問。

「我只是想請妳幫個忙，如果妳乖乖的，我就不會殺妳。」戴佳琬道。

這句話激起我難以言喻的強烈違和感，好似殺戮對她來說只是某種可供參考的手段，無恥得理所當然。

「這是我的身體，妳憑什麼?」我應聲回答。

脖子被童軍繩勒得更緊，她故意將我往繩套壓了壓，身體晃動感也變大了，我忍住驚慌，更加專注站穩。

戴佳琬生氣了，但我比她更不爽!

四周黑暗波動起來，我與她的怒氣正互相衝撞。

一道沒來由的念頭閃過。「以前在學校，妳是不是認識我？」

我們同屆這件事我早就從刑玉陽那邊確認過，肯定不是熟識。臉盲的我把戴佳琬當陌生人，但說不定戴佳琬對我有印象。常遇到許多陌生人喊我的名字，我壓根和對方沒交集，他們都是因爲許洛薇才認識蘇晴艾，也僅是知道有這麼個人的薄弱印象而已。

被陌生人記住總會讓我緊張，只想快點撇清關係，委託我傳遞心意就趕緊打發，得寸進尺想先和我混熟再接近許洛薇的，我一開始就逃之夭夭，拜託也不看看我有多孤僻。

到精神病院探望戴佳琬時，她明顯討厭我，但我怎麼想都不覺得和她有瓜葛，只能歸納是幻覺和對刑玉陽的依賴導致她對我有敵意。

戴佳琬是刑玉陽的直屬學妹，換句話說也是休閒事業管理系，我對這個系有多陌生，從我完全認不出刑玉陽這件事可見一二。刑玉陽在他們系上是傳說中的神龍等級，畢業前就開店創業，迄今仍是大家津津樂道的話題主角。

「妳果然忘了，大二的『生態旅遊規劃與民宿經營』通識課，妳和那女人跟我們同組，那女人一直勾引文甫，妳助長她的氣焰，還一副高高在上不屑的樣子！」戴佳琬對那陳年怨恨居然還是怒氣沸騰的語氣。

許洛薇將來的夢想是開一間浪漫民宿，就等著拐個腹肌美男當她的民宿管家兼未來老公，這傢伙光重修就沒空了，更別說畢業需要的通識學分，有興趣的課程還能不快踢著她的屁股叫她去上課？我更是捨命陪君子一起去了。

通識課往往聚集了不同系所的學生，玫瑰公主在這種場合如魚得水；我呢？滿腦子只想著如何讓她乖乖被老師點到名。對同組成員，許洛薇鐵定是大方甜美友善的，不過以前和她同組的男生不是變成哈巴狗就是急色鬼，偶爾遇到一、兩個gay才能鬆口氣。

可以肯定的是，除了許洛薇的姊妹圈，女生通常不喜歡和她同一組，不會有人喜歡沒事就被同性比下去，而有男友的女生把她視爲頭號公敵早就不是新鮮事了。

爲什麼我要學柔道保護薇薇？雖然她沒有那個意思，也不會搶人男友，但我一直相信她走在路上被女生抓頭髮、甩巴掌，甚至遇到跟蹤狂是遲早的事，畢竟有女友或已經在和別人搞曖昧的男生也很喜歡接近許洛薇；我們又沒有他心通，難道還能幫每隻飛過來的蒼蠅戴上貞操帶不成？

「別傻了！朱文甫有腹肌嗎？就算有也比不過我們主將學長，別提勾引了，許洛薇連屁都不敢放一聲，再說她有必要去勾引別人嗎？爛桃花一堆還要我替她擋！她喜歡和周遭人搞好關係，被人親切對待，所以比平常更友善回應對方又不一定是調情！妳對自己男朋友沒信心不要牽拖別人！還有我承認自己態度不好，但那是我急著抄筆記，我還要打工和做家事，不懂得怎麼交朋友。再怎麼說我都沒有高高在上那種低級的興趣！」我掀起一波巨浪把憤怒的情緒潑過去。

許洛薇不會特別討好男生，對在場男女一視同仁，但男生互動反應往往很積極，容易造成她和異性旁若無人的錯覺。若許洛薇不小心表現得過度熱情，只有可能是當時朱文甫和戴佳琬表面互動並不像男女朋友，而她爲了閉俗的我更加努力想打好小組關係，也就沒有太在意避嫌這回事。

玫瑰公主的男朋友都是追求者中符合她口味的一時之選，主將學長還是我唯一看過她主動出擊的罕見案例，然而因主將學長當時已有女友，許洛薇最多只是埋伏著純欣賞回家再跟我打打嘴砲而已。

也就是說，在感情上許洛薇的道德操守很正常，堅持一對一，搞不好這樣就贏過一大堆普通人了，雖然主要原因是她挑嘴。

我最氣的是，許洛薇當時鐵定也對戴佳琬不錯，在戴佳琬眼中卻可能變相成施恩傲慢的嘴臉。被霸凌過的戴佳琬把我的低調解釋爲排擠，這實在是件毫不意外的可悲誤會。我這人簡單問候是不會省的，有問必答更是做人的基本禮貌，怎麼想都不覺得當時戴佳琬會積極主動到哪去，怎不想想同樣的表現也可以說是她排擠我？

誰會記得一個學期結束就分道揚鑣的陌生通識課同學，我連大學四年的同班同學都忘光了，臉盲加人名健忘患者就是這麼無情無義，戴佳琬遲來的指責讓我很囧。

不過她在精神病院時的排斥反應我倒是懂了，一個過去就討厭的路人，偏偏看見她不堪的模樣，還是她依賴崇拜的直屬學長領來的幫手，看上去有點特別的交情。

最糟的是，我還在神棍事件中衝鋒陷陣，讓戴佳琬等同恩將仇報。

我若不為她做這些付出，或許她反而不會對我下手。我冒出這個荒謬的想法。

不知不覺中，我也成為戴佳琬最痛恨的支配者——用「恩惠」。而她對我的刻板印象則是高高在上，我自以為的親切，實際上卻坐實這個印象，哪怕我毫無惡意。粗率做好事卻結下孽緣，這不正是蘇家族長要我學習避免的教訓？

在社交活動中過目不忘的許洛薇偏偏漏了朱文甫和戴佳琬，厲鬼的腦殘可以不要挑這時候發作嗎？這兩個人當時到底有多影薄？話說回來，許洛薇也不會記住一些沒交集的對象，比如說前男友。

我們兩個都將過去互動不多的戴佳琬徹底遺忘了，殊不知，人際關係貧乏的戴佳琬，哪怕少許交集都可以記在心中反覆回味。我覺得記恨這種根本是誤會的小事簡直莫名其妙，戴佳琬卻表現得有如我嚴重傷害過她，這就是厲鬼的偏執嗎？

我想起拆解堂伯毛線帽時繞在線與線上那些細碎卻纏人的絲綮，我一度想暴力破解，卻險些扯斷主線，也把結拉得更緊。以爲無關緊要甚至沒有發現過的緣分，竟也能這麼恐怖。

戴佳琬對刑玉陽愈執著，站在刑玉陽旁邊名爲「蘇晴艾」的靶子就愈大。小白學長，這次要被你害慘了。我嘴裡發苦，又開始反胃了。

戴佳琬的目的昭然若揭，她要刑玉陽！

一陣淒厲貓叫伴隨著大門撓抓聲猛然響起，許洛薇來了！

我又驚又喜，趁戴佳琬略微分神企圖搶回身體主導權，豈料腳下忽然一鬆，像是陷進無底爛泥。我飛快下沉，當下慌得不得了，本能默誦《心經》定神，千鈞一髮才停止下陷；此時爛泥已淹到腰際，要是整個人沉進去，我又要人事不知了。

戴佳琬俯瞰著我，我則全神貫注運起意志和她對抗，試著在站著不動的前提下盡量擴展對肌肉的控制力，感受到身體一點點復甦，這事能成！

牽動對手便能製造空隙，這是柔道對戰的基本原則，援兵已經抵達，只要拖住戴佳琬就可以得救，這次絕不讓她跑了！這樣想的我信心大增。

忽然間，戴佳琬頸側兩道傷口湧出黑血，血液像轉開的水龍頭般塗覆她半邊身體，隨即流入下方黑暗虛空，流進陷著我的爛泥裡。

「我好看嗎？」她不厭其煩又問，我不禁氣悶她老對同性追問這句話的意思，戴佳琬怎麼可能比得過我的玫瑰公主？

正要抬出許洛薇的名字嗆嗆戴佳琬，她忽然舉起右手插入眼球下方，連著刺破的下眼瞼撕開一大片臉皮。

我被她的自殘動作嚇得忘了反應。戴佳琬又往胸口抓撕了第二下、第三下……她的皮膚像碾得過薄的麵皮般輕易裂開，她下手時的狠勁讓每道傷口都深可見骨。

我以爲她又要流一地血，甚至露出森森白骨的骷髏，豈料別說骨頭，連血肉模糊的肌肉組織也沒有，裂開的皮膚下方只有虛無的漆黑；那片黑色忽然湧動起來，凹凸不平地擠壓了一陣後，像膿一樣緩慢流出傷口。

等到推擠之物從黑膿中漸漸浮出，我才發現那是一顆又一顆的眼睛，戴佳琬任黑膿愈流愈多，她體內的無數眼睛則窺探著我。

「刑學長看得到鬼魂對不對？我偷聽到了。」戴佳琬嘴唇一開一闔，聲音卻從黑膿中發出。

這畫面已經超過我理智能應付的極限，許洛薇的異形變身相較之下都能說是可愛了。一個喘不上氣，等我發現滲入黑暗的血與膿液悄然無聲包圍全身時已經太遲了。

「我想和他說話，又不想讓學長看到這麼醜陋的我，妳可以幫忙吧？反正妳不是都這樣幫那個許洛薇嗎？」戴佳琬的聲音陰森森地響起。

「妳到底討厭我們哪裡？」這時我已經被黑膿拉下清明與昏迷一線相隔的水面，只差一點就要沒頂。

戴佳琬的人形整個崩塌，那團扭曲皮肉與不斷翻湧的膿，混著詭異眼球匍匐起伏，既可悲又恐怖。

「憑什麼許洛薇死後還那麼美，我卻得變成這樣，不公平——」被破碎人皮包著的膿物淒厲地尖叫著，嫉恨與憤怒翻滾著，化為一句控訴。

如果擁有更好的條件，吸引到更多保護者，一定不會淪落到被吳法師和鄧榮那種小人肆意欺凌的地步，結果竟連死亡也無法平等？

我忽然懷疑戴佳琬已經不是鬼了，鬼死後還會再變成更奇怪的東西，叫作「聻」，但刑玉陽卻未說聻長什麼樣子，想必是他自己也沒看過。

戴佳琬若非不是即將變成聻，就是有一部分已經是聻，整個人宛若被果汁機攪拌過，完整的半邊臉寫滿清醒的瘋狂。

那是連鬼魂都會視為異類的腐敗魂魄。

□

黑朧即將沒頂的瞬間，我什麼經文都忘了，自然叫出最渴盼的那三個字。

「許洛薇！」

腦海裡「嗡」了一聲，同時大門重重一震，我再度睜開眼睛，用力吐了口氣。

怎麼回事？忽然就掙脫那片黑暗了？

情況並不單純，我還是呈現欲上吊的姿勢，倒是輕鬆許多，雙腳站穩了，身體似乎回歸控制，然而雙手卻完全失去知覺，彷彿被人從肩膀以下截掉似的，無論我再怎麼專心突破也沒能取得絲毫回應。

喉嚨像是被痰堵住，只能勉強發出沙啞的聲音，頭腦乍看清醒，卻又伴隨著陣陣刺痛與恍惚的不確定感。

「薇薇！妳在外面嗎？我在這裡！快點！」我很確定許洛薇附在小花身上追來了，但她爲何不進來？難道是進不來？

大門外又響起一聲碰撞，然後恢復寂靜，我的心也迅速掉入冷水。

大約經過了十次呼吸，期間我仍然無法取回完整的身體自主權，戴佳琬暫時消停了，畢竟附身是件苦力活，尤其原主有意識開始抵抗後會產生許多變數，這是許洛薇的經驗談，也是我練習掙脫附身的信心來源。

不管要花多少時間、多少力氣，只要我不放棄，最後優勢一定會慢慢傾向活人這邊，至少天會亮，許洛薇正設法救援，總有人能發現我被困在戴家。

忽然間，大門從外側打開了，刑玉陽跌跌撞撞闖了進來，他滿頭大汗呼吸粗重站在玄關位置，正好是鞋櫃旁。他抬頭望見懸掛在半空中只靠一張椅子支撐的我，滿臉愕然。

四面八方襲來一股壓力衝擊我的頭，身不由己湧出想踢掉椅子往下跳的猛烈衝動，還好那一瞬我硬是忍下。戴佳琬說不會讓我死，還等著利用我的身體和刑玉陽說話，但那股壓力分明就是她尋死瞬間的狂熱情緒。

有如這間房子想重演曾經發生過的慘劇，刑玉陽一打開門，我的身體也跟著做出反應。站在自殺女主角的位置，又是生死關頭，我瞬間想通了很多事。

「刑玉陽，別過來，我被戴佳琬附身了。」我急急叫喊。

他站定，一雙眼憂心忡忡地望著我，變白的左眼明亮得彷彿燃燒，此時他的靈眼卻是無濟於事。

「許洛薇呢？你們不是一起來了？」我又問他。

「這裡已變成戴佳琬的地盤，我被困在樓梯間鬼打牆一個小時。戴佳琬長年生活於此，又選擇這裡自殺，名符其實的『喪門』，諸多要素都對她有利，連我都困得住，力量實在太強，許洛薇恐怕是進不來了。」刑玉陽憤怒道。

「該死！就知道是這樣。」我也隱約有這種感覺。冤親債主特意將我帶回許洛薇的自殺地點，現在戴佳琬又不顧一切千里迢迢將我綁回自家中，顯示陳屍地點和死者鬼魂本身有某種緊密連結，而「家」則會賦予鬼更多力量，同時兼有兩者性質的戴家形成了由戴佳琬控制的特異空間。

戴佳琬要的就是能隔絕許洛薇和一切阻力、將自己的力量發揮到最大的巢穴，她必定會千方百計把刑玉陽引誘到戴家，但刑玉陽並非輕易上鉤的人，除非設下他無法拒絕的誘餌。例如綁架一個他的朋友。剛巧就有個心燈熄滅的討厭之人，還不斷主動接近死亡事件核心，不抓我抓誰？

「我出發前通知鎮邦了，但他手機打不通，已留言讓他盡快趕來，給我撐好，蘇小艾！」刑玉陽也同樣急促交代情況。

「你站在那裡聽我說，我知道戴佳琬怎麼殺死鄧榮了。」雙手無法協助保持平衡，我必須非常小心地站立。

「現在不是說這個的時候！我先想辦法把妳放下來。」

「不對！你給我仔細聽！一切都是銜接好的！她最後瞄準的是你！」我就是誤判戴佳琬的能力和危險性，現在才會掛在這裡。

「她不是死後才變厲鬼找到鄧榮，而是在自殺前把鄧榮約到家裡，想讓他當面看著她自殺！大門沒上鎖，就是方便鄧榮闖進來，就像現在的你一樣！」

「鄧榮被通緝逃亡，戴佳琬如何聯絡上他？」刑玉陽對我的推論感到不可思議。

「她什麼都不用做，只需接起電話就夠了！」我一發現戴佳琬自殺那夜，鄧榮極可能從事先爲他保留的通路開門進入戴家，立刻從戴姊姊的跟蹤狂得到靈感。

失去一切爲愛發狂的男人還能做出什麼事？戴佳琬已經回家，跑得了和尚跑不了廟，他當然會偷偷打電話企圖聯絡戴佳琬！

無論對方多厭惡自己，戴佳琬對鄧榮就是那樣特別的女人，何況她還懷了自己的孩子，這通電話鄧榮非打不可，甚至可能打了不只一次！

那時戴佳琬已堅定死志，接到鄧榮的電話無疑火上加油，她不願就這樣白白死了，要最大限度利用自己的死達成復仇，不只是父母，玷污她的人也逃不了。若眞能成功化爲厲鬼，戴佳琬就要立刻跟著仇人伺機報復，但死了變鬼卻找不到目標怎麼辦？她和我們一樣擔心無法鎖定不知正在哪逃竄的鄧榮。

萬一人死燈滅，鬼魂之說只是迷信，她至少還能將鄧榮誘到死亡現場，讓他沾上鮮血增加被逮捕的機率。

倘若一切順利，戴佳琬化爲厲鬼的心願實現了……還有比讓獵物自動送上門再以牙還牙更快意的事嗎？

Chapter 07 / 施比受更有福

「她只要在鄧榮打電話過來時這樣說：『我有話告訴你，幾點以前你還沒出現我就上吊自殺。』就算有警察埋伏，鄧榮也一定會來，那可是他的女人和孩子！」就像戴佳琬感應到我的心境，選擇我最無防備的記憶趁虛而入，黑膿包圍我時，我也非自願地感知到就在這個家裡發生的種種可怕景象，以及戴佳琬有條不紊的堅定意念。

這道意念裡沒有任何賭氣去死的成分，有的只是該怎麼移動棋子才能繼續前進的頑強執念，直到吃下敵方所有棋子，她的飢渴才能獲得飽足。

活著的戴佳琬只是犧牲也不可惜的小兵，死後的她卻搖身一變成爲執棋者，開始蒐集自己的棋子。

苦尋不得的男友、從小束縛又拋棄她的父母、活該去死的吳耀銓和鄧榮都該是她的棋子，隨她喜好而舞；戴佳琬會這麼討厭我，也是我無意中截了一顆她非常想要的棋子：戴佳茵。

戴姊姊明智地選擇絕緣遠遁，若她心意不堅也聽了戴佳琬的錄音，後果眞是不堪設想。

「鄧榮打開大門，看見戴佳琬刺頸，鮮血噴出，然後她踢開椅子吊死了。戴佳琬的計算只有一點小失誤，鄧榮並未上前救人，甚至連鞋子都沒沾到血，他嚇壞了。」我說。

倘若愛憐妻兒是天性，那麼看到恐怖怪物想跑更是本能反應，鄧榮大概就在那時理解了戴佳琬的本質，利己主義立刻佔據上風，哆嗦囁嚅著麻煩大了，拔腿就跑。

接下來發生的事不只我沒想到，恐怕對戴佳琬而言也是一樁意外。她幹得比原先期望的還要更好。

鄧榮正欲轉身開溜，從屍身上剝落的戴佳琬魂魄當下飄過去，原本只是想跟著鄧榮作祟，豈料冷不丁地就融入了他身體，鄧榮神智一昏摔倒撞上鞋櫃，發出好大一聲，卻未驚動主人夫婦起床查看。

失衡瞬間，鄧榮可能用手臂抵著鞋櫃想減輕衝擊，或他被附身時痛苦掙扎，手錶在此時意外在鞋櫃留下刮痕。

這道刮痕成爲鄧榮最後一次自由行動的證據，渺小得可笑。

男人再度爬起時，有些驚奇地舉起雙手，像個偷穿大人衣褲的孩子，感受著寬大體格與殊異的性別年紀，此時他已不再是鄧榮了。

接著那人回望一眼客廳中懸掛的淒慘女屍，以及臥室內吃了安眠藥正沉睡的父母，冷笑一聲反鎖大門離去。

之後戴佳琬不只活活虐死了鄧榮，還把他的魂魄咬掉半個頭，當作奴隸使役著。這些過程就像肌肉記憶交織在我的思緒裡，如同小房間和夜車的夢。可能是被戴佳琬附身的影響，那些手起刀落和咬齧的觸感就像我同時成爲鄧榮和戴佳琬，體驗著這對死靈與䰥融合的過程，差別只是不覺得痛，也沒有吞嚥過什麼的飽足感。

我見刑玉陽仍想靠近，連忙再度出聲阻止：「戴佳琬附身方式很邪門，和薇薇不一樣，萬一她趁你靠近換上你的身就糟了。」

既然戴佳琬虐死鄧榮，疼痛已不可能令她動搖了，或者說，疼痛對她來說已不是疼痛，只是我不知她是無感抑或享受這種刺激？

刑玉陽咬牙停下腳步，我從刑玉陽躍躍欲試的目光中看出他沒那麼容易被勸退，正絞盡腦汁想打破目前的僵局；在我看來，穩紮穩打拖延更有利，但我也很想快點脫離這種自殺姿勢。

「她說不會殺我。看來她沒辦法控制全身，才要把我掛在上面。」在搭夜車時我還是有著部分外界感知，只是陷入類似催眠夢遊的昏沉狀態，並非戴佳琬在操作我的身體。選擇搭火車可謂很聰明的一招，在到站前我都會乖乖坐著減輕她附身的負擔。

戴佳琬目前徹底附身的極限大概是拿走我的雙手，也只會是雙手和一小部分軀幹，萬一我醒過來反抗，被弄成站在椅凳上脖子套著繩圈的姿勢，沒了雙手一樣動彈不得，這是她確保能使用我身體的設計。

戴佳琬要一個身體，這點無庸置疑，問題是，誰的身體？或按照難度不同她都想弄到手？

「妳確定她不想殺妳？」刑玉陽怒問。

「大概是很想殺，但戴佳琬留著我還有用處。」其實我現在很害怕，不只是怕失足吊死，更怕體內的戴佳琬不知又要做出什麼，但現在最重要的是，不管是我或刑玉陽都不能再被奪去意識。

此外，想在今夜了結一切，就不能貿然驅走戴佳琬，否則這類攻擊隔三差五來一次誰受得了？

刑玉陽大概想著同樣的事，換了個站姿恢復鎮定，不再是隨時撲上來救人的急切模樣。

「手機打得出去嗎？」我顫聲問。

戴佳琬安靜下來不見得是好事，我趁機緩口氣的同時，她又何嘗不是在蓄力？

刑玉陽搖頭道：「只能期待鎮邦快點趕到。」

就耗著唄！刑玉陽和許洛薇出現已經帶給我很大的鼓舞了，萬一我真的掉下來，刑玉陽是現場唯一能急救我的存在了。

「戴佳琬也有幫手，她沉得住氣，我們不能自亂陣腳。」我說。

「妳怎麼知道？」刑玉陽略顯訝然。

「她殺了兩個仇人還拿魂魄使喚，鄧榮和吳法師不知在哪埋伏著。」可惜刑玉陽視線不能離開我，否則早讓他去屋內尋尋。

我想緩和一下緊繃的氣氛，於是換了個話題：「你和薇薇怎麼知道找來這裡？」白目學長和玫瑰公主無法直接溝通，一個靈眼只能看見點陣圖，另一個頂多喵喵叫，我們不只一個仇家，也有可能是妖怪或我的冤親債主下的手，刑玉陽為何當機立斷選戴家？

「那隻貓叼著妳的手機來討救兵，我通知柔道社的人妳夢遊失蹤了，請他們去附近搜尋。妳的機車沒騎走，如果人不在附近一定用了其他代步工具，在火車站問到有對母女買票搭夜車離開，女兒穿著睡衣和外套，看起來像是生病吃藥有點迷糊。我給檢票員看過妳的照片後，對方說很像同一個人。」刑玉陽說出當時頂著巨大壓力決定方向的依據，我也有可能途中下車被拐到其他地方，時間有限，一旦他北上來找我就不能回頭了。

「母女？她不是直接附在我身上？」女兒當然是被挾持的我，扮演母親的應該就是戴佳琬。

「妳可能被餵藥了，這不是重點。」刑玉陽擰眉。

總之我沒恢復清醒，就表示戴佳琬能用某種能力或手段控制我，直到成功限制我的行動，而我現在的確是被她直接附身中。

「鬼打牆不可能永遠持續，天亮後就算沒解掉也會變弱，不然等主將學長一到，你就衝出去叫救護車，我就不信戴佳琬能遮蔽整座城市的電波。」我擔心等等又會陷入無法出聲的窘境，還是趁現在交代自救辦法。

我的胸口愈來愈沉重、喉嚨發麻，她在試著用我的聲帶說話，但我不想便宜她，如果她要控制我其他部位，說不定會放鬆對雙手的箝制。

要死不死果然很難受，這個時候如果往前邁出一步就解脫了，以前我也好幾次有過這種想法。

與我不同，戴佳琬決然走出這一步，對於死亡，她毫無恐懼，這麼說不太對，她根本沒想到死不死的事情，而是一步一步走下去，把肉身丟在後面而已。她延續這份邁進，帶著無與倫比的自信與凶猛撲上仇人。

主將學長說對了，她的確想要走出這個家。

然後，拖著獵物回來。

喉嚨緊縮感愈來愈強，我不得不將意志力往下挪護住胸口，保持穩定呼吸。

這是持久戰，還有四個小時才天亮，累了就容易慌，我必須盡量保留力氣，萬一椅凳掉了，最不濟也要撐個幾秒，不能馬上被吊死。

麻痺感爬上下半臉，雙臂微微發熱，能感覺血液流通和地心引力的重量了，只是肌肉神經仍不聽使喚。戴佳琬爲了利用我的嘴和刑玉陽溝通，果然只能放鬆手部控制，這個變化代表只要我醒著，她能控制我身體的程度就只能是現在這樣，再多就會顧此失彼。

「刑學長，你小心，她要說話了。」我勉強擠出最後一句警告，又被奪走聲音。

「蘇小艾，不要怕。」刑玉陽說。

我只能眨眨眼睛，努力把眼裡的氤氳眨回去。

於是我聽見自己的聲音用一種僵硬詭異的節奏響了起來。

「學……學長……」

刑玉陽抿唇不答，惡狠狠地看過來。

「別……氣……」

「那妳就放了她。」刑玉陽字字冰冷無比。

「不……要……那樣你不會再理我……我好寂寞……」

刑玉陽沉默了一會道：「朱文甫又算什麼？」

體內的戴佳琬瑟縮一下，我正要爲刑玉陽的一針見血喝彩，一股由深處竄燒上來的憤怒讓我好一陣子沒喝水的喉嚨像被砂子磨過般非常疼痛，我回過神來才發現自己，哦不，戴佳琬尖叫了。

「他死了！」她發出野獸般的粗重嘶吼。「他發誓要保護我、愛我，結果我連他最後一面都看不到，他就這樣消失不見！」

「人死不能復生，學妹，妳也死了。」

戴佳琬想笑，但我不想讓她用我的臉製造更多惡夢，努力阻擋下來。

「我可以，我還活著，只是沒有身體而已。」戴佳琬舉起我的手，儘管只有雙手可供支配，動作卻很靈活。

我猜，戴佳琬大概發現集中力量控制部分肢體的好處，不只細部動作更精準，宿主還被迫清醒地目睹一切；她令鄧榮自殘時，不只是重創其身體，精神虐待更加凌厲。

活生生目睹雙手拿著刀莫名動起來的怪異現象，自己殺死自己，無處可逃，鄧榮說不定連魂魄都嚇得崩潰，直到死後還是任其宰割也不奇怪。

「妳認爲附在這笨蛋身上就能如願？她可是有個背後靈等在門口，有本事妳一輩子都別出去。」刑玉陽想讓戴佳琬意識到她的企圖本來就荒謬不可行，更別提她還把事情做絕了。

然而勸之以理註定失敗，厲鬼縱使謀害行爲再怎麼精細狡猾，執念本身卻荒謬盲目。從戴佳琬用威脅來表達對刑玉陽的好感，和她明知許洛薇存在還是綁架我，這種種不合邏輯的行爲顯示，她根本沒考慮得罪刑玉陽或實際上願望能否成功的問題，只想用她的方法達成目的。

戴佳琬果然置若未聞，狂熱地凝視刑玉陽，好似他已經是她的所有物。

我忽然好奇此刻刑玉陽心中的想法，他後悔幫助戴佳琬嗎？不求好人好報，起碼不要引火燒身，現在只能依賴刑玉陽的腦袋和他那些奇奇怪怪的知識了。

他應該有帶些祕密武器在身上吧。我得見機行事，最好主動製造機會給他。

「令堂頭七完就身體不適到親戚家休養，其實是一直被妳附身對嗎？」刑玉陽問。

「學長好聰明，媽媽也很容易就進去了。」戴佳琬的說話方式愈來愈流暢。

「要怎麼樣妳才肯放過這些人？妳也想殺我嗎？」

他太早帶入重點了，我希望刑玉陽能拖盡量拖，但他似乎不這麼打算。

「我不會傷害學長。」戴佳琬停了停，似在思考。

這段空檔中，刑玉陽不動聲色觀察著我和周遭的風吹草動，我只能苦苦支持。

「我想要繼續活下去，這件事只有學長能幫我，一年就好，用蘇晴艾的身體再活一年，如果你答應幫我，我就不再對其他人報復了，我保證。」戴佳琬說。

「姑且不論我是否答應，盜用活人身體生活是說到就能做到的事嗎？」刑玉陽冷笑。

「我只是想要和學長在一起，學長只要有心，就做得到我要求的內容吧？再說親自監督蘇晴艾的身體狀況你也比較安心不是嗎？她本來就不想活，又沒有親人，把身體借我一年又沒什麼損失。」

要無恥到什麼程度才能說出這段話？我又不是衣服，戴佳琬還一副挑剔口吻，再說我根本不信一年就能滿足她的貪婪。刑玉陽別上當！

不知是否是戴佳琬從小依附控制狂父母培養出的本事，她對人性弱點的敏銳觀察堪稱天才，本能理解某些人事物會有特定的痛處，例如迷戀之於鄧榮，故舊情誼之於刑玉陽。

若她綁架的不是我，刑玉陽有很高的機率會選擇報警或聯絡家屬出面處理，這就算仁至義盡了，別忘記就算是戴佳琬生前最糟糕的時期，刑玉陽都沒親自收留她，讓她住進「虛幻燈螢」，顯然他在行善助人上有很強烈的親疏原則，其中必有一條是先自保再談救人，救人也不會胡亂救。

但我偏偏就是那個讓刑玉陽破例的特殊人士，莫怪戴佳琬想玩一手挾天子以令諸侯。

傻瓜也知道不能在這時候刺激掌握我生殺大權的瘋鬼，刑玉陽當然不笨，他開始和戴佳琬繞圈子。

「假設我願意幫妳，許洛薇那一關妳又要怎麼過？」

「學長懂得一些趕鬼的方法，把她驅開便是。這女鬼行動很慢，學長只要帶我遠離她的活動範圍，許洛薇就莫可奈何了。生活費你不用擔心，不會再有人受傷，我只求有一段日子無怨無悔。」戴佳琬語調有了哭音。「當初學長若不幫我，我現在也不會對你如此執著，只要陪我一年，難道這樣也不行嗎？」

簡單一句話，戴佳琬想用我的身體和刑玉陽私奔。

開玩笑！就算刑玉陽願意我也不願意！這計畫聽起來實在太噁心了！刑玉陽臉色黑得不能再黑，要是沒有繩子掛在我脖子上，他鐵定會把被戴佳琬附身的我當成沙包打暈了事，我也寧願他馬上敲暈我，省得我們兩個都在這裡進退不得又反胃。

大門外傳來快速接近的腳步聲。

「阿刑、小艾！」

主將學長終於趕來了。

目前最大的威脅乃是這條童軍繩，戴佳琬就這麼簡單地套住我，卻使我投鼠忌器無法全力掙扎，我不禁幻想主將學長一登場就舉槍射斷繩子還我自由，可惜只是派出所小警察的主將學長，下班後都要繳回佩槍，我們只能靠拳腳功夫應對了。

我依稀有印象主將學長說過他槍法好像沒很好，還是不要想太多。

戴佳琬早就知道兩個學長的能耐，她一開始就不想給他們近身救我的機會。

即使我現在能靠意志力讓這具被附身的身體達到危險平衡，戴佳琬狗急跳牆的攻擊隨時會讓我失去重心，她若把注意力放在刑玉陽那邊反而是好事。

先前我稍微對戴佳琬的自殺手法做了功課，上吊最致命的傷害不是窒息，而是體重拉扯導致頸骨斷裂，即使刑玉陽就在現場，我也不敢冒險一躍讓他把我放下來，就算我被救回來也可能癱瘓或變成植物人，屆時不只是戴佳琬，面對冤親債主和其他敵人的我會更加無力，徒然延長痛苦。

「怎麼這麼慢？」刑玉陽扼腕道，若有地緣之便的主將學長能提早幾個小時趕到，說不定能在戴佳琬挾持我進入這個家之前攔截我們。

「我被派去支援抓通緝犯，晚了點才看到訊息，你只說小艾失蹤可能跑到戴家，要我有空就去確認，沒說是現在這樣！」主將學長看見我古怪的上吊姿勢亦是神色凝肅。

「我剛剛才趕到！」刑玉陽解釋他被鬼打牆困了一個小時。

「我看到留言馬上聯絡管區去戴家巡邏，他們說這裡沒人，一切無異常，後來一直沒有你的回音才趕過來。」主將學長亦非毫無動作，只是讓外人來巡邏確認根本打不著重點，如果刑玉陽和戴佳琬一前一後腳程沒差太多，那麼巡警過來時她應該尚未帶著我抵達戴家。

其實我們都沒想過被戴佳琬附身居然立刻就有生命危險，總覺得就算被附身了，大不了把我綑起來去宮廟驅邪，而我更是自恃有許洛薇在，萬一被阿貓阿狗附身都能讓她一腳踹出去，豈料許洛薇居然沒能看住我。

主將學長正在出重要任務，當然沒辦法爲了一個尚未確認的消息擅離職守，錯失營救的最佳時機，感覺出他相當懊惱，只能事後再告訴他我不介意，現在還有關卡沒過。

「你上來時有遇到鬼打牆嗎？」刑玉陽又問。

「沒有。現在怎麼辦？」主將學長亦不敢輕舉妄動。

「等或談判。」刑玉陽死死看著我說。

他所謂的「等」是等許洛薇突破這個家的障壁，或等我自行掙脫附身，要是可以動我一定拚命點頭贊同。

戴佳琬因主將學長的闖入相當不悅，這本該是她與刑玉陽的特別時刻，我的膝蓋抖了抖，小腿隱約有要抽筋的跡象，暗道不妙。

「阿刑，我來這裡的路上遇到一樁怪事。」主將學長驀然道。

「說來聽聽。」

「停紅燈時有個機車騎士忽然湊到我旁邊說：『喪門障，骨肉至親，怨之始也，以火淨之，可收奇效。』我趕時間來不及確認就與他分散了。」主將學長背完後補了一句應該沒記錯的喃喃自語。

刑玉陽眼中精光大盛：「原來如此。」

「你聽得懂？若有辦法就快使出來。」主將學長催促。

我的雙手和喉嚨雖被戴佳琬控制，神智還算清醒，方才也聽刑玉陽說到「喪門」這個字眼，看來這是戴佳琬能力爲何這麼強，以及許洛薇吃癟的原因。

「喪門障可從兩個方向來說，一種是鬼因執念將自己困在死亡地點，另一種則是被困在特定建築的鬼對活人的作祟誤導，也就是俗稱的鬧鬼。但不是每間死過人的房子都會變成喪門，有用儀禮好好淨化，加上往生者未心懷巨大惡念就不會有事。」刑玉陽過往靈異打工就是在檢查名義上的凶宅是否已出現喪門障，算是頗有心得。

當然，以戴家父母毫無自省的德性，配上怨氣沖天的戴佳琬，我們毫不懷疑戴家已經出現喪門障，更是加強版，不但活人住不下去，戴佳琬還能自由來去，並非惡靈作繭自縛，而是專困活人的障。

「『以火淨之』，難道是要放火燒屋？」主將學長搖頭否定這個做法。

「全燒固然是釜底抽薪的做法，換作公寓建築卻不可行。這裡應該有戴佳琬肉身的一部分作爲媒介，如骨灰，她的力量才會這麼強。找出來燒掉。」刑玉陽飛快道。

破了喪門障，許洛薇就能接手戰鬥，這點刑玉陽心中雪亮，主將學長雖不知許洛薇的存在，也認同這個做法能削弱戴佳琬。

「這兒你熟，你去找骨灰，我盯著她。」主將學長明快地分配任務。

刑玉陽沒有異議，轉身就要走向靈堂。

戴佳琬忽然尖聲道：「不許動！學長，你還沒答應我！」

「省省吧！戴佳琬，我馬上就要破這個障，到時候妳不見得能再控制住蘇晴艾，另外我不幫害人之徒。」刑玉陽冷聲回覆。

見刑玉陽完全沒有妥協的意思，戴佳琬那股怒讓我身體裡的血液好像跟著黑膿一起沸騰了，我的頭開始有些暈，應該是發燒了。

我不經意想起戴姊姊對戴佳琬的描述，她被父母捧在掌心備受寵愛，大概很難接受想要的東西得不到的滋味。當然她的家境比不上許洛薇，無法應有盡有，但戴佳琬有些面向和我很像，我直覺她是個很少提出要求，看中就很難放棄的性格。

我對柔道和許洛薇也是這樣，雖然一開始不是自願去追求，但這些存在滋潤了我枯燥的生活，不知不覺變成生命中很重要的東西，使我現在不擇手段想要保留它們對我的意義。

刑玉陽快速翻找靈堂，沒找到骨灰罈，我轉著眼睛猛瞄戴佳琬房間，希望刑玉陽想起戴佳琬在自己的房間裡自殘時，也曾留下含有遺傳物質的血跡毛髮之類。

他接到我的暗示，遺憾地開口說明：「上回我們調查無果後，我就私下要戴先生找清潔人員把學妹的房間打掃乾淨了。」

那房間繼續原封不動的確令人毛骨悚然，刑玉陽認爲不如徹底清理一番，開窗通風，起碼能改善家中氣場，也能預防喪門障，可惜百密一疏。

又或許戴佳琬的骨灰被她自己提前保護起來，風頭過了才放回家中？她可是頭七火化遺體完就把親娘納入控制了。

問題來了，現在這屋裡的確有個肉身遺物在增強戴佳琬的力量，不找出來銷毀，就算今天逃得出去依舊夜長夢多。

戴佳琬會乖乖讓我們找嗎？

答案是：想得美！

我的右手不聽使喚自行探入口袋拿出一把尖嘴鉗牢牢握著。

「學長，你再考慮一次好嗎？」戴佳琬的語氣古怪地浮現一絲笑意。

左手也跟著舉起，冰冷的金屬吻上指尖，我登時無法呼吸，頭皮發麻。

不要……

「住手！」主將學長猛喝。

一陣劇痛竄上後腦，我慢半拍才看見左手食指指甲被掀開三分之二，鮮血泉湧。

幾乎是同時，我的眼淚也迸了出來。

痛得差點站不穩，那麼小的傷口怎會痛成這樣？

「戴佳琬！」

刑玉陽的吼聲稍微讓我清醒了一點，但又一陣疼痛飛快狙擊而至，這次戴佳琬拔指甲的動作不太順利，她用力壓夾，但我的左手抖得實在太厲害了，她只弄裂了中指甲面，指尖瘀紅滲血，她猶不死心，又用尖嘴鉗拉扯幾下，扯下半片指甲連著一小塊碎肉丟到地上。

主將學長上前兩步，卻被刑玉陽捉住後心。

「等等，看小艾的腳！」刑玉陽按住險些要衝過來抱舉我的主將學長。

我淚眼模糊跟著注意下方，左腳腳尖何時往外滑？已有一半探出椅緣，趕緊強忍劇痛縮腳穩固站姿。

主將學長雖有自信用蠻力箝制我不亂動再托高放鬆繩套，但戴佳琬似乎能更快一步讓我摔下去；刑玉陽方才也想這麼做，他們都是爆發力一流的武術高手，會放棄出擊一定是憑對戰經驗判斷出成功率不高。

原來意志力對決根本是一場笑話，戴佳琬把我掛在這裡，便已做好能瓦解宿主反抗的準備，威脅必須是眞的才有效，而她只要一瞬間的上風就足夠了。

血珠沿著掌緣流到手肘的濕滑感清晰無比，劇痛咬齧著我的腦神經，痛覺百分之兩百正常，爲何我還是沒辦法移動自己的手？

主將學長悶頭衝進主臥室。他無法忍受繼續目睹這一幕，跑去找骨灰了？我甚至沒辦法期待太多，戴佳琬已經將尖嘴鉗放到無名指上，測試性地夾緊，我全部意識緊繃到極限，準備迎接下一次折磨。

「學長，這下你願意專心和我說話了嗎？」戴佳琬在沙啞沉重的呼吸聲中繼續說話。

我的顫抖，她的歡悅，絞在一起變成奇怪的聲音，虛弱又亢奮。

「妳這瘋子，以爲這麼做我就會喜歡妳？」刑玉陽怒極反笑。

「當然不，可是你本來就不會喜歡我啊！刑學長。」戴佳琬理所當然地說。「我沒打算眞的殺她，而且也不想讓她受太重的傷，因爲學長你會不開心，否則蘇晴艾還有眼睛、鼻子、耳朵、舌頭……」

戴佳琬用尖嘴鉗一一點著那些部位，她眞心覺得拔指甲不算什麼，對我非常優待。

我的臉頰已經被淚水打濕了，剛剛到現在我只想拜託她停手，卻痛得連求饒的話都說不出來，只能淺淺喘息。

我的痛苦刑玉陽都看在眼中，他雙拳握得死緊，彷彿要揍碎某個敵人的下巴，偏偏眼前有肉體可供毆打的卻是個叫蘇晴艾的倒楣人。

我忽然爲他感到深深的難過。

太有正義感眞不是件好事，我們三個雖然都被捲進相同的災難，刑玉陽卻因爲太特別，最容易引起覬覦，我寧願手指甲加腳趾甲全被拔掉也不想和戴佳琬這種怪物同居。

「我只是希望你繼續幫我，陪陪我，我願意爲你放棄一些復仇對象，甚至才要求你陪我一年而已！」戴佳琬開始虐待我的無名指，我咬緊牙關還是有些慘叫聲漏了出來。

「好……」刑玉陽看樣子打算虛以委蛇了。

「不好！」我用全力尖叫一聲，把聲音搶回來。

「蘇小艾妳很想死？我不先把妳弄下來還能怎麼辦？」他這次換吼我。

「就算是假的也不能答應她！指甲再長就有了，痛我就叫，這只是生理反應，你們聽就聽不要想太多！」怒火從丹田一路竄上來，倒是讓喉嚨暢快不少。

有股強烈直覺，別人可以對非人虛以委蛇，但刑玉陽絕對不行！一般人違背約定或許只是吃點苦頭，但換成有白眼的他會後患無窮。

「如果你一定要亂講話，我就跨出去你直接來救我算了！」

就連我這個凡人到現在也無法用陰陽兩隔的常理，說服自己放下發誓要保護許洛薇的諾言，說出口的話語會形成某種力量，戴佳琬會利用刑玉陽刻意失約索取何種代價才是我最在意的。

「蘇小艾，算妳行！給我記著。」刑玉陽沒想到被戴佳琬威脅完還要被我威脅，氣得頭髮都要飄起來了。

門外再度響起猛烈碰撞聲，許洛薇還沒放棄，既然戴佳琬覺得這是小傷，那我也要把左手當成小傷！

當戴佳琬又夾裂了我的大拇指，冷汗已經浸濕全身，我不斷哽咽，只能努力不哭叫以免刺激到主將學長和刑玉陽。

這段時間最多不超過三分鐘，我卻覺得像三小時一樣長，就在我快要忍無可忍之際，主將學長急奔而出，將一樣物事塞到刑玉陽手中。

「之前戴佳琬母親提過她收藏了一些女兒小時候的物品，我猜的沒錯，果然有這個。」主將學長看著我鮮血淋漓的手，目光無比凶惡。

胎毛筆。

刑玉陽立刻拿出打火機點燃筆毛，室內頓時陰風大作，門板來回拍動砰砰作響，那股陰風盤旋了兩圈，出乎意料直撲廚房，只聞一陣鍋碗瓢盆被掀翻的噪音，又從氣窗遁逃而去。

體內的戴佳琬在陰風狂掃時劇烈地震了震，好似被人猛力拉扯，不管是不是機會我都豁出去了！

「走開！戴佳琬！」我扔掉尖嘴鉗，踮腳舉起雙手抓住繩圈，不顧傷口和繩子磨擦，拚命將手指塞進繩圈，接著力竭只能繼續掛著。

繩圈已經收得很緊，其實我沒能拉鬆繩圈，只是死撐著不願放手，祈求萬一腳下踩空時能擋個半秒也好。

「爲什麼你們願意這樣救她？爲什麼沒人救我？」戴佳琬又搶走我的聲帶，但已能感覺出她對我的控制變弱很多，果然胎毛筆被燒對她造成的衝擊不小。

說謊！明明就有不少人救過妳！我在心中對她大吼。

——不！你們都是騙子，最後還不是都走了！戴佳琬的意識也回吼。

有些事戴佳琬永遠也無法明白，之前她的瘋狂讓我驚恐，但現在最讓我窒息的是她的貧窮，飢餓到以瘋狂爲食的靈魂，最初就沒有方向感，更缺乏嚮導。

希望她自立的刑玉陽太嚴格了，戴佳琬雖然將他視爲燈塔，實際上她根本過不了這道坎，其他人再多同情撫慰對她來說只是優越者的傷害。

「救救我，學長，不然我會變得更壞的……」戴佳琬最後一次哀求刑玉陽。

「施比受更有福，關於這句話我這樣想，一輩子都只能被施捨的人，說不定看什麼都像是地獄。付出只是為自己鋪路，好走出這種貧乏的地獄，遠離嫉妒的煩惱也算一種福氣。佳琬學妹。」刑玉陽不為所動。「別讓我後悔幫過妳。回報這笨蛋的好意，現在就給我滾！」

已屆強弩之末的戴佳琬怔然，發出一聲長長嘆息，彷彿要投入深淵般竄離我的身體，我與她心知肚明，事情不會就此了結。

我渾身一鬆，無力往前倒，主將學長箭步向前撐住我，刑玉陽立刻用瑞士刀割斷繩索將我放下來。

「小花呢？」我張著乾裂的嘴唇半是氣聲，癱坐在地上大口呼吸，其實是想問薇薇在哪？

刑玉陽到大門外繞了一圈，抱回虛弱的花貓。

小花渾身癱軟看似昏迷，聽見我的聲音才勉強張開其中一邊眼睛。

「小花妳還好嗎？回答我啊！喂！」

「對不起……我力量用光還是進不來……」許洛薇縮得很小，我只能聽見她同樣氣到想哭的聲音。「我被殺雞凶手騙出去，沒追上，回來妳已經不見了。」

「沒關係，妳盡力了。」我又掉眼淚了，下意識伸手想把小花接過來。

主將學長握住我的手腕，不讓我接觸花貓。「妳手受傷了，我們先離開這裡再說。阿刑你抱貓，我們走。」

「好。」

撤退下樓梯時主將學長本來想揹我，但我堅持自己走，主將學長只好小心地攙扶我，不是我愛逞強，事實上我沒受重傷還走得動，只是餘悸猶存使不上力，被人揹著萬一這時有其他附身者衝出來陰我一把，我可不像刑玉陽有逆天的反應能力。

離開戴家後我們不約而同鬆了口氣，但小花的樣子不太對勁，我仍舊心急如焚。

許洛薇說她沒真的用小花的身體撞門，我聽聲音也像一個更龐大的東西撲撞上來，許洛薇應該是變身了，她用鬼身撞門，一再發出室內也聽得見的巨響，這得耗多少力？之後的負面狀態八成影響到小花，這是我們最不樂見的狀況，偏偏還是發生了。

「你怎會把小花也帶來這裡？」主將學長這時才有多餘心思問起突兀出現的寵物。

我趕緊對刑玉陽使眼色，拜託他繼續幫我隱瞞許洛薇的存在。

刑玉陽沒好氣道：「我買宵夜時看見小花在車站外遊蕩，猜飼主可能出事了，打蘇小艾手機不通，這才進站探聽，發現她和附身的戴佳琬已經搭車北上，當下只想找最近的一班車追上去，沒空安置她的貓乾脆一併帶著了。」

不愧是把白眼能力瞞到上大學的青梅竹馬，刑玉陽糊弄起主將學長果然行雲流水。

「我帶小艾去急診，你騎我的機車找找現在還有營業的動物醫院。」主將學長麻利地決定下一步。

劫後餘生的我不顧一切想要抱貓尋求安慰，許洛薇附在小花身上時，我碰觸她才有溫度和實感。我已習慣把被附身時的小花直接當成許洛薇，主將學長明白小花對我的重要性，當下主張將小花送醫，我感激地對他說了聲謝謝。

我悄聲問許洛薇要不要改附到我身上來，她輕聲拒絕說沒力氣轉移了，加上急診處鬼魂多怕被同類趁機佔便宜。我想想也對，她上我的身還要承受這具身軀的疊倍傷痛，還不如讓她跟著刑玉陽互相警戒提醒，嚇唬孤魂野鬼也好。

刑玉陽將小花放進外套裡拉上拉鍊，看上去是牢牢包住貓了。

「刑學長，你小心點，別騎太快。」我不禁嘮叨。

「妳也快去把手傷處理一下，事情還沒結束。」刑玉陽說完驅車飆遠。

主將學長叫了輛計程車，吩咐司機直接開到最近的醫院急診。受傷的手指必須拔掉破碎指甲上藥包紮，再等新指甲長出來，治療過程又是一次酷刑。我咬著袖子別開臉不敢看，還好遇到動作俐落的醫生，很快就結束了。

我想對主將學長說等天亮刑玉陽帶著小花回來就回家，此刻我迫切需要和薇薇一起躲回老城堡，一想到回家的交通工具又萎了。

現在的我死也不想再上火車或遊覽車，和一群陌生人待在密閉空間裡搖搖晃晃。

大概是腎上腺素消退了，原本包紮好感覺沒那麼痛的左手此刻又窮凶惡極地叫囂起來，我不由自主回想著一幕幕恐怖畫面。

方才基於求生本能壓抑情緒，我還算冷靜，逃離戴家後才真正感到濃烈的恐懼不斷撲打。戴佳琬宣稱不想殺我的事大概屬實，但令我觳觫不止的是，這件事背後意味著我不小心被弄死也無所謂的冷酷，她的保證沒有任何信度可言。

這表示只要有利可圖，她對其他人也能做出一模一樣的攻擊。

坐在旁邊的主將學長一臉風雨欲來，我不懂他在想什麼，只知道他很生氣。

「好痛……好痛……」我無意識重複著小小的呻吟，彷彿這樣能舒服一點，精疲力竭，偏偏腦袋卻像燒乾水的茶壺，焦灼得難受。

主將學長冷不防扣住我的頭壓進懷中，我嚇得閉上嘴巴停止抱怨。

「對不起，把妳拖下水。」

「沒事啦！其實也沒那麼痛，我只是嘴上說說而已。」主將學長攬得有點用力，我不敢掙扎。

我明白此時此刻他需要確定夥伴沒事，就像我也想這麼用力地抱住許洛薇。

「都傷成這樣了還逞強！」

「其實只有手，而且不是致命傷還好。」我是真的這樣想。早在冤親債主盯上我之後，想要變強就不能奢求全身而退，只要活著就有希望。另外，考慮我主動涉入幹的那些事情，主將學長還比較像被我和刑玉陽拖下水。

後面的話我不敢說出來，聽起來滿欠揍的。

「想吃什麼？在路上買了再回去。」主將學長暫時沒多問，只讓我們先回他家休整。

主將學長這麼懂我，刀山火海我也跟他去了！

「麥當勞！」

Chapter 08 /

亡者的請託

天亮時刑玉陽與小花回來了。根據刑玉陽的轉述，小花沒事，只是受喪門障影響被診斷疑似暈車加上體力透支，抵達動物醫院時就已經好了許多，可以走動喝水吃罐頭，獸醫替牠抽血檢查又觀察一陣子後認為暫時沒有住院必要。

在這之前，主將學長聯絡女警朋友帶換洗衣物讓我沐浴；我把自己初步打理乾淨，打電話向殺手學弟報平安，藉口我心情不好北上去找朋友，請他遣散柔道社的搜索行動。殺手學弟在彼方意味深長地要我好好保重，沒有多問。

掛斷手機後我有如感冒畏寒般一直縮在棉被裡發抖，從神棍事件開始至今，累積的傷害與疲憊一股腦兒湧上。

我不想再受傷，不想像獵物一樣被追趕，不想裝出很有精神的樣子，但現實壓在頭上，偏偏不努力不行。給我一點時間像許洛薇那樣擺爛一陣，我會很快振作的。我這樣對自己說。

主將學長和我吃完宵夜後就一直看著喜劇電影，沒什麼交談，雖然這次的主要受害者是我，但低迷的氣氛令人喘不過氣，劫後餘生不是該慶祝嗎？

許洛薇跟著小花出現時，我掀開被子想走過去迎接，雙腳居然無力站不起來。

紅衣女鬼同樣精神萎靡，倒是恢復真人大小。我不禁卑劣地推測，許洛薇應該是趁著搭順風車時數清楚刑玉陽腹肌有幾塊了吧？

「蘇小艾，妳要跟我一起搭火車回去嗎？」刑玉陽本來就是臨時追過來，既然戴佳琬暫時退散，他還得打理「虛幻燈螢」的生意。

一起走當然是最保險的，問題是我現在連移動一步都有困難。我想回老房子，那裡是我最熟悉的地方，縱然雞隻被殺，我在二樓臥室裡被戴佳琬拐走，堡壘遭攻破的陰影短時間很難消失；刑玉陽的地盤貌似最安全，然而「虛幻燈螢」畢竟是做生意的地方，天天人來人往，即使躲在樓上還是能聽見對話聲，我目前對不夠封閉安靜的地方半點興趣也沒有。

我看看主將學長又看看刑玉陽，正要咬牙答應跟刑玉陽同行返回替大家省點麻煩，小花忽然喵了聲走過去蹭著主將學長的小腿。

主將學長將小花抱起來，許洛薇坐在我旁邊警戒地瞄著刑玉陽，好似靈眼會透視她身上的血色小洋裝一樣。

「既然小花不舒服，暫時還是別趕路好了，大後天我有假再帶小艾回去也行。你身上有啥驅邪物品可以留下來？」主將學長一邊逗貓貌似不經意地說。

刑玉陽瞇了瞇眼，解下一條白水晶冰柱純銀項鍊，掛在手指間若有所思地摩娑。

「我不反對你自找麻煩，但你最好留意些，那個找你傳話的傢伙可不是人。戴佳琬以外還有些鬼東西也盯著我們。」刑玉陽說這句話時，視線正對準許洛薇。

許洛薇立刻不爽了，我只能偷偷安撫她。

「既然戴佳琬的目標是你，小艾暫時和你分開也不是壞事，你趁這幾天先想妥戴家該如何收尾，在我們徹底撤出前還有哪些非做不可的事，才好喬時間處理。」主將學長故意當著我的面說出這段話，就是沒得商量的意思了。

「也可。說不定我一個人先走還能引誘那些鬼出現其他動作。」刑玉陽道。

現在連主將學長都被怪東西找上了，我們還沒確認到底是哪個鬼推刑玉陽下樓梯，又是誰進到我的夢裡窺伺？

刑玉陽有些不捨地望了一眼白水晶項鍊，然後放在我的手上。

他說：「借妳而已，回去馬上還我。」

「呃，謝謝。」看他那麼寶貝的樣子，難道是活佛高僧加持過的超強護身符？很貴嗎？

商議好分頭行動，刑玉陽也不戀棧，就這樣回去了。

被戴佳琬盯上還能這麼淡定，這等心理素質眞讓人羨慕，不過就算實際面對面，戴佳琬的謎題還是沒完全解開，比起厲鬼，她似乎變成另一種性質更不穩定的怪物，爲何是黑膿，體內還有無數眼球？

我笨手笨腳地將項鍊掛到脖子上，本以爲自己會排斥脖子再度被異物環住的拘束感，冰涼的銀鏈貼著肌膚卻莫名讓人安心。話說這條水晶項鍊相當素雅中性，很適合刑玉陽沒錯，但他實在不像會戴飾品的人，果然是強力法器才破例貼身攜帶吧？

「主將學長，你知道刑學長都怎麼入手這些驅邪寶貝嗎？就像這條水晶項鍊。」我也好想弄幾件法寶護身，就算買不起，知道預算和門道也好。

「那是他媽媽的遺物，有沒有法力我不知道，不過阿刑相信只要戴在身上他就是無敵的。」主將學長補充：「我參加警察特考那天他也借我戴過，他那時候還說，要是項鍊弄丟這輩子就絕交。我順利考過了，或許刑阿姨冥冥之中有保佑也不一定。」

「……」我忽然覺得渾身是勁，立刻衝向房門，然後被主將學長揪住後領。

「妳幹什麼慌慌張張？」

「刑學長還沒走遠，我去把項鍊還給他！」這麼珍貴的寶物我怎麼敢戴？這不是擺明要我保持清醒死守項鍊不能再被上身的嚴酷節奏嗎？

「沒志氣！」主將學長把我拖回床邊。

「我也有紅寶石、紅珊瑚項鍊和紅玉髓手鍊，回家以後妳給我統統戴上去！一定是因爲缺少信物，我們之間的感應才會故障！」許洛薇眼紅地說。

她和刑玉陽比這個算啥事？我有點無言。

我在主將學長家住了三天後，不敢再讓主將學長睡沙發，於是即刻啓程。主將學長向朋友借了車，我的大眾交通恐懼症恐怕要好長一段時間才會好了。

乘車途中我向學長說了過往引誘父母去賭博的怪異電話。家被入侵的心靈痛苦導致我此後都不喜歡碰觸手機之類的通訊物品，明知物品本身無害，然而我就是會產生不理智的強烈反感。

最近想起許多童年回憶，忽然意識到我從小就是那種寧可待在家裡、覺得外面很危險的小孩子，這種感覺不是來自大人的恫嚇，而是本能這麼覺得，說不定我原本應該是膽小鬼才對。

「難怪學弟妹都說妳不接手機。那妳以後要怎麼出門？」主將學長問。

「重要電話會接啦！眞的有必要也會搭火車，忍忍就過了。」只是事後我會心情低落好幾天，這就是爲何我不把柔道社員的通訊錄輸進手機，不是他們不重要，而是我知道社團幾乎不會有緊急通訊，只留教練的號碼就很夠了。我也不用勉強自己去接電話哈啦，室友和老闆的電話另當別論。

有個意料之外的後遺症，這幾天我的手機都快被柔道社打爆了，連已經畢業的學長姊都打來關切，讓我又是緊張又是不好意思，我這個沒用的老社員混了這麼多年還是沒拿條黑帶，大家卻很尊重我。

由於刑玉陽的一通電話，主將學長直接把車開到「虛幻燈螢」。

刑玉陽確定在車站推他下樓梯的惡鬼是誰了，同樣也是那隻鬼附身機車騎士，提示主將學長破解喪門障的關鍵線索。

「你怎麼不在手機裡直接講？」等我們在咖啡館集合後，刑玉陽竟然還打算繼續賣關子。

「因爲我要當面和『它』談判，進一步確認殺雞凶手的情況。」刑玉陽說。

「有線索了嗎？」

紅衣女鬼看見的是一團散發濃血腐屍和家禽臭味的人形肉糊，混在夜色裡一片漆黑，還會竄進加蓋水溝裡逃避追捕，我同意的確有相當程度的辨識困難。

根據許洛薇還原我被戴佳琬綁架當夜情況，我在樓上睡覺，許洛薇在樓下看電視，其實這樣的配置是有學問的。

鬼魂要進入建築物只能走大門，或者是概念上具有「出入」功能的通道，因爲鬼魂的空間感和活人有所差異，至少房屋對活人能形成最基本的防護效果；然而空屋或廢墟這種禁制就不明顯了，這是許洛薇親身實驗加上刑玉陽背書的靈界常態，順帶一提，地下室不算。

許洛薇鎮守在客廳，正是兵家必爭之地，她時不時還會出去檢查地盤有無出現入侵者。

例行巡邏時，許洛薇發現殘留在雞隻死亡現場的刺鼻惡臭又來了，那肉糊鬼體居然大刺刺站在大門外，她二話不說衝出去。我們早就說好不擇手段抓住所有發起攻擊的鬼怪好提取線索，不管是戴佳琬還是其他惡靈都不能放過。

就算我在許洛薇旁邊也會叫她馬上追捕，許洛薇認爲我在老房子裡很安全，因而心無罣礙地獵殺雞凶手去了。

豈料那宛若全身骨頭爛掉的黏糊糊怪物，半走半爬地逃竄居然比許洛薇快，追丟殺雞凶手的許洛薇倖然折返才發現我不見了。

接著慌掉的許洛薇只好用小花身體叼著手機又跑一次馬拉松去找刑玉陽求援。

經典的調虎離山之計，偏偏用在我們身上無比成功，只能當事後諸葛推斷殺雞凶手和戴佳琬有千絲萬縷的關係，至少也是同夥。

之前推理總是很自然地假設凶手只有一個，不同事件則有不同惡鬼在背後操作，畢竟厲鬼不理智又瘋狂偏執，感覺不像會坐下來商量合夥幹掉目標。若是從一開始觀念就錯了呢？我和許洛薇不就是最好的例子嗎？

活人都可以和厲鬼相親相愛了，惡靈之間若出現協作行爲麻煩只會更大。戴佳琬的強大不僅是因爲天賦和怨念，更有可能是她得到其他鬼的力量。

「『它』在我剛回來的清晨就來店門口找我了，但我們無法直接溝通，我要『它』等能夠傳話的人出現再過來一次，就是妳，蘇小艾。」刑玉陽靠著吧檯，袖子挽到手肘上，漫不經心地製作咖啡拉花。

我每次都忍不住湊過去看刑玉陽表演，他畫的是骷髏頭，點重乳拿鐵有罪嗎？又要見鬼了。我滿臉黑線。刑玉陽看起來一副很想送我「驚」喜的模樣，難道是要報復我那時候威脅要上吊給他救的事？大哥我也是爲了你好啊！

既然刑玉陽不肯透露，我決定換個角度探探他的口風，從他言下之意判斷最快今晚就要談判，我總不能一點心理準備都沒有。

「那之前你懷疑是誰暗算你總能說吧？又不是眞的相信這些事件和靈異無關，一定有懷疑對象！」我和許洛薇把想到的鬼都猜了一輪，結果每個看起來都像凶手，最後不了了之。

事實證明，我們完全低估戴佳琬的附身能力，簡直狂甩許洛薇幾條街。

「我曾經懷疑是戴佳琬的父母。」刑玉陽淡淡說。

「他們不是還活著嗎？」我實在捉摸不到他的發想。

「生靈?」主將學長展現了知己好友的默契。

刑玉陽道:「陰陽眼很少看見生靈,我聽過的說法,第一,看起來和活人差不多,所以認不出來。還有一種是,生靈非常容易附在陌生人身上,但那比較像是夢遊下意識找衣服穿的舉動,反而不會上親友的身。」

「為什麼不會上親友的身呢?」我特別好奇這點。

「就像妳更容易和網友與同學交心而非父母,關係愈親密,精神防備反而比較強。我會懷疑是生靈,主要是我被襲擊前正和戴家夫婦密集接觸,假使他們潛意識想把我弄去陪伴戴佳琬,不無可能生靈出竅來襲擊我。」刑玉陽說他以前遇過生靈,連白眼也被騙過去,是非常麻煩的存在。

遭暗算時間點距離戴佳琬上吊日太近了,他又不相信初死鬼有這種力量和智力,所以懷疑是生靈下的手,而且或許他有接觸過生靈的本尊才會被當成目標,這麼推論的話,戴家父母顯然是第一嫌疑人。

據說生靈反而比較容易附身活人,死亡是一道溝,生靈習氣未斷,和活人互通的頻帶更寬,偶爾出竅醒了也會以為在作夢,甚至根本不記得出竅時幹的好事。

生靈是少見,但可不是少數,畢竟就是從活人身上脫離的東西,基本上到處都是。

「反過來說，容易生靈出竅的人，往往更常受到事故環境影響，被有心奪舍的髒東西盯上。」刑玉陽意味深長地凝視我。

「幹嘛看我？我又沒生靈出竅……小時候不算。」溫千歲拐我去偷爺爺遺書那次，我一直不確定是連魂帶身都被運過去還是只有魂魄，溫千歲也沒說清楚。

「過於眞實的惡夢有可能是魂魄已經半脫離的徵兆，否則凡人魂魄受身體影響，身體在睡，魂魄同樣不會太清醒，此外經常被附身的人也會愈來愈難保持自我。」他啓動了白眼。「那些魂魄和身體不一致、半脫離的例子我看多了，不是精神就是健康有問題。」

刑玉陽拐了個大彎原來是打算警告我一直都是高危險群。

「我的魂魄現在看起來怎樣？」我緊張地問。

「一直都很暗，不過還算清楚，萬一哪天變模糊或換了形狀，就自求多福吧！」

「嗚咩！」我趕緊喝下一大口拿鐵壓壓驚。

縮在主將學長家當蝸牛療傷時，我曾經冒出一個很陰暗的想法。戴佳琬說不定盼著我在被附身的過程中掙扎意外受重傷，不管是癱瘓或缺氧腦損傷失憶痴呆都好，那樣刑玉陽基於道義和愧疚眞的會照顧我，一輩子太誇張，但前頭一、兩年還眞有可能扛下來。虛弱自卑又傷病糊塗的我則比以前更好入侵，她只需再打敗許洛薇，就能沒有後顧之憂地附身。

——控制我或裝成我，再親近刑玉陽。

換個角度想，只要不主張「戴佳琬」這三個字，她的願望或許就會輕易實現了。刑玉陽對眞心認可是朋友的人半點都不設防，簡直就是冤大頭，還好他的朋友很少。若非主將學長是男生，他保證會是戴佳琬滲透的首選。

萬幸戴佳琬上不了主將學長的身，從主將學長的房間毫無任何符咒宗教物品，我卻住得很舒心放鬆這點來看，他乃是心燈超亮、熾熱到用來烤肉也行的神奇大俠，困住刑玉陽的鬼打牆竟沒能奈何他。

即使主將學長本人不在房間裡，還是能充分感受到他強烈的氣場，光明磊落又暢快淋漓，沒有鬼怪可以窩藏的地方，若不是能依憑小花加上腹肌偏執狂，許洛薇坦言她根本不想踩進這處主人存在感超強的套房。

心燈眞的能照亮別人，躲在主將學長的光芒下，什麼都照得清清楚楚，會讓人想反省努力，用一般人的話說就是正面能量充沛，那些陰森的鬼東西無法透過黑暗偷偷摸摸潛進來恫嚇、迷亂我的心。如果哪天得和冤親債主正面對決，我絕對要向主將學長借他的道服和黑帶，穿上去辟邪效果應該很棒。

「有什麼辦法能再度點亮小艾的心燈，或不讓她隨便離魂？」主將學長只關心實際解決方法。

「之前已經在做的體力和意志力鍛鍊，目前光這兩種基礎修行你學妹就零零落落，進階挑戰對她來說太難了。」刑玉陽冷笑。

「好吧！你繼續幫她特訓看能否改善。」主將學長爽快地把我丟進名為「刑玉陽」的熱鍋裡。

「謝謝學長……不用客氣儘管放馬過來，我會加油。」此刻的我得耗費多大的意志力才忍住尖叫逃跑的衝動。

刑玉陽笑了起來。「我從來沒打算對妳客氣，搭·檔·失·格·的·學·妹。」

那麼愛記恨會禿頭哦！我決定喝完拿鐵就先去洗洗睡了，晚上還有場硬仗要打。

□

深夜十一點半，結束營業的「虛幻燈螢」仍然敞開大門，只在一樓留了盞小燈，招牌也熄了光，讓路人不至於誤會咖啡館還在營業而誤入。

刑玉陽請主將學長鎮守屋內，又叫我讓許洛薇哪邊涼快哪邊躲好，別驚嚇到準備過來談判的鬼魂。

我和刑玉陽則坐在屋外，任何風吹草動都讓我受傷的左手抽痛得更厲害，只能自我安慰是心理因素在作怪。

附近休耕水田偶爾響起水鳥沙啞叫聲，在陰沉冷涼的夜裡格外淒愴。

驀地，從許洛薇那邊傳來一陣緊繃感，接著刑玉陽也低聲提醒：「來了。」

一道佝僂人影自圍牆附近浮現，走到七、八步外，一嘴稀疏的灰白鬍子與藏在眼袋下微微閃爍的陰險目光，正是曾假扮無極天君的老符仔仙。

許洛薇在瓦解神壇那時扯斷了老符仔仙一條腿，他看上去尚未復元，今日一見比最後逃竄前的印象更加狼狽不少。

沒想到給予破解喪門障提示的竟然是老符仔仙，他不是和我們有仇，為何要幫忙？

我還沒想出原因，刑玉陽大概捉摸到部分真相才會提出談判要求，我們現在最需要的就是能研究剋制戴佳琬方法的情報提供者——吳天生，精通旁門左道的老符仔仙無疑是專家。

我對這老鬼的直覺是不可信，問答無用的暴力碾壓是最有效的方式，所以許洛薇說撕就撕的態度才會完全嚇壞老符仔仙，但這種手段逼出來的線索很有限，萬一老符仔仙知道我們想問的是救命的消息，他只需刻意隱瞞或捏造關鍵內容就能在我們危機時刻埋下致命漏洞。

這部分的情報交換必得在雙方心甘情願的前提下進行，因而刑玉陽冷靜甚至愼重地迎接老符仔仙進入「虛幻燈螢」前庭。

刑玉陽用白眼直視老符仔仙，老鬼露出忌憚神情，接著刑玉陽從一直放在腿邊的提袋裡拿出一把黑傘，吳天生眼神迸出驚喜。

「年輕人果然有前途，老夫還沒開口就被你猜到目的。」老符仔仙嘿嘿冷笑，大有此子過於棘手的意味。

我忍著噁心將老符仔仙的原話轉述給刑玉陽。

「你將我推下月台樓梯不只爲了洩忿，主要是誘導我們去追查戴佳琬。若能驚動戴佳琬的獨佔慾將注意力轉向我更好。行動不太方便嗎？吳天生。」刑玉陽拋著黑傘說。

「要不是你們向城隍告狀，讓老夫四處奔波分身乏術，我的乖兒子也不會被關在狹隘的監牢，叫天不應叫地不靈，被戴佳琬像殺雞似地輕易弄死了。」老符仔仙說這段話時看著我。

我們想讓惡人接受司法制裁，卻無意中將吳法師推進新鬼戴佳琬也能殺死頑強大男人的侷限環境中，吳耀銓的求救掙扎只會被周遭當作裝瘋賣傻。

被深信不疑的無極天君遺棄，在冷眼旁觀的活人訕笑詛咒中漸漸失去對身體的控制權，最後不由自主吊死，屎尿齊出，何等屈辱的死法。

老鬼的確怨恨我們，身上隱隱約約透出黑氣，將來約莫也會變成厲鬼，但他現在還能自制，計算著對自己有利的做法與我們談判。他要為認作兒子的堂姪吳耀銓報仇，卻不想把自己賠進去，傾向借刀殺人。

「老夫甩開陰差趕到拘留所時，乖兒子魂魄卻不在陳屍地點，想必是戴佳琬帶走他了。」老符仔仙頓了頓，似是在消化情緒，接續道：「照理說，我那兒子貪婪蠻橫，新死鬼再怎麼強也無法奈他何，真的不行找宮廟也能躲過一時，但那戴佳琬從生靈就開始化魙，控制住鄧榮後等於是二打一，乖兒子又無處可逃，說來說去，他的死你們也有一份。」

我拒絕轉告最後一句，最討厭這種亂牽拖的小人作風。

老符仔仙倒是說出某個重要關鍵，生靈化魙，這種事可能發生嗎？

這不就是指戴佳琬肉體還沒死之前，魂魄就先開始死去崩毀？不過，這樣一來，戴佳琬為何對死亡和附身劇痛無感，又殘忍扭曲的原因就很好懂了。

「吳耀銓的魂魄不像鄧榮那麼好對付，或戴佳琬想要先對付我們，只好將吳耀銓關在她怨念最強的胎毛筆裡。必須等到有人攻進戴家對付戴佳琬，才能混水摸魚借我們的手毀掉胎毛筆、救出吳耀銓的魂魄。打得真是好算盤，吳天生。」刑玉陽稍後不久就想通了，戴佳琬遺言中所謂「許多想做的事」，具體而言必然涉及所有她在乎或想報復的對象，林林總總，還真是不少能做的。

喪門障被破時闖進一陣陰風攪局，八九不離十是老符仔仙，刑玉陽大概用白眼掃到老符仔仙救人溜走的畫面，居然沒馬上跟我們說，不夠意思！

「按照老夫的計畫，原本不會生出這麼多事，作爲無極天君的母親，我有辦法讓她穩定地活著，可惜你們這些門外漢胡攪蠻纏，弄出這麼個不倫不類的怪物。」老符仔仙撇撇嘴不滿地說。

「別以爲把自己撇乾淨，我們就會上當。吳天生，你肯定在戴佳琬報復名單上，若我們不能對付戴佳琬，你遲早會步上吳耀銓的後路。」刑玉陽咬死老符仔仙需要我們的力量牽制復仇者這一點當作談判本錢。

「老夫只有一個條件，只要能保住吳耀銓，我就告訴你們想知道的事。」老符仔仙拉扯手中握著的草繩，從黑暗裡又拖出一條鮮血染紅下巴不停喃喃自語的魂魄，正是驚恐不已的吳耀銓。他不是被吊死的嗎？

我瞪著那個像剛吃過人的喪屍不斷咂巴咬合牙齒的鬼魂，死去的吳法師雙眼突出、脖子拉長，蹲坐在地縮著手腳，滿口鮮血，讓原本有些弱智的動作顯得異常可怕。

親身和吳法師搏鬥過的我對這男人的凶狠深有體會，但他的魂魄被戴佳琬折磨不到一個月居然成了這副慘樣，看來如果老符仔仙沒有及時救出他，吳耀銓被戴佳琬變成第二個爛肉糊鬼只是早晚問題。

殺雞凶手就是鄧榮。除非戴佳琬還殺了其他人將之弄得面目全非，不然那個和戴佳琬同時行動引走許洛薇的鬼只會是他了，稍早的殺雞事件則是有預謀地將我從防護更完善的「虛幻燈螢」引出來，我果然暴跳如雷地上當。

我沒親眼看見成為鬼的鄧榮，只在被附身時感覺到戴佳琬連成為魂魄的他也一併攻擊，沒想到鄧榮就是許洛薇看見的怪物，還能殺死雞隻吸取生氣。

能夠影響活物和實體的鬼總是讓我覺得特別危險，但連許洛薇這麼強大的厲鬼要按個鍵盤都不容易，我總覺得這種危險的鬼並不是太多，否則活人世界早就亂套。

事情一牽扯到戴佳琬就是會有例外。

老符仔仙像是看出我的疑問，開口解釋道：「乖兒子在上吊時把舌頭咬斷了，他叫不出聲音依舊拚命想求救，不知是太過害怕自己咬斷還是戴佳琬咬的，總之老夫救出他後，乖兒子經常停滯在斷氣當時，靈智生前就不高，還一直走不出死亡的衝擊。」

語罷，老符仔仙撫摸吳法師頭頂，語氣出現幾分愛憐：「當初不過是看上他長相不錯好使喚，又是家族小輩帶血緣能直接供養我，沒想到這孩子對我還真有幾分孝心。人都死了，給他個投胎機會不爲過。」

「你想讓我們怎麼保他？我不可能讓吳耀銓留在這裡。」刑玉陽立刻劃出底線。

「哼哼哼，休說你們沒有養鬼的本事，光是那戴佳琬的凶殘習性，我也不想讓乖兒子留在她容易找到的地方。」老符仔仙譏笑他自以爲是。

「那要怎麼做？」我問。

「看是要讓鬼差抓他回陰間入獄處罰，或者有鎮得住他的高僧願意收留他修行洗罪都行，但不要是道教或其他來路不明的修行者。」老符仔仙說。

出乎意料沒有很溺愛，卻是相當實用的條件，我不禁對這老符仔仙的本事有點改觀，既然有眞功夫爲何不用在正途上？此外，我又確定老符仔仙是個相當自私的鬼，如此安排吳耀銓的去路就是準備做甩手掌櫃了，畢竟老符仔仙還得應付地府通緝和戴佳琬的追殺。

「爲什麼？」我還是很好奇爲何不要道士處理？照理說這應該是最標準的收鬼管道。

「這類修行者不會也不愛養鬼，如果不是拿鬼使去做壞事，就是草草鎮壓了事，我這乖兒子要投胎還得先修行贖罪才行，又不能讓他輕易從修行地逃脫被戴佳琬捕獲，你們替他找個信得過的去處，剩下的我也不用你們負責。」老符仔仙又扯了扯綁著吳耀銓的草繩，那男鬼不斷嚅著斷舌的強迫動作才略有減少。

「可以，他本罪不至死。」刑玉陽就事論事。

老符仔仙是否就是知道刑玉陽是這種正直性格，才會回頭找他幫忙？換了個人搞不好記恨被推下樓梯就不幫了。我這樣想著。當然刑玉陽不是不記恨，只是他也說過和兩種人計較浪費時間，白痴和小人。

記得當時我受寵若驚，這表示屢次被他記恨的我至少不在這兩種人之中囉？然後刑玉陽很欠扁地補上一句：「笨蛋尚有教化可能。」

「成交？」老符仔仙確認。

「還不行。」刑玉陽哪可能這麼好說話。「幫你等於阻撓戴佳琬復仇，我們這邊要冒的風險更多了，倘若你提供的情報沒用或出錯，到時候也難以求償。」

「小夥子，太過貪心可不是件好事，你還想要什麼？」

「老鬼，什麼便宜都想佔才容易栽跟頭。我要你保證，從此橋歸橋路歸路。」

刑玉陽的白眼似乎讓老符仔仙很忌憚，就像被蛇盯住的青蛙，老符仔仙表情不自覺流露些許急躁。

「好，若乖兒子的事能成，我吳天生保證再也不找你們這些活人麻煩，若違此誓，魂飛魄散。」老符仔仙捏了個奇妙手訣賭咒，大概是他那派邪術的禁忌吧？見他神態認真，我也就不懷疑他在說謊，其實就算老符仔仙不答應我們也不能怎樣，我們以後同樣不會放鬆戒備，但雙方口頭約定休兵對我們至少是好事。

刑玉陽點頭算是認同，他打開黑傘拋過去，老符仔仙開始施法，看起來有些吃力，那把黑傘竟違反物理定律搖搖晃晃地飄到斷舌男鬼正上方，緩緩下降。

傘面散發出無形壓力，男鬼身形漸漸縮小，意識不清中仍本能朝著老符仔仙喊著「爸爸救我」，場面相當令人唏噓。老符仔仙輕聲叫了幾次吳耀銓的名字，讓他乖乖投胎下輩子好好做人，男鬼依稀聽懂了安靜下來，傘面忽爾密合摔落在地，恢復為一把普通黑傘。

「可惜弄髒了我特定申請的地下泉水，在我找到願意認領的神明使者前就讓他先待在水池裡吧。」刑玉陽上前撿起黑傘投入「虛幻燈螢」專門用來飼養螢火蟲的生態水池中。

老符仔仙滿意地搓搓鬍鬚：「藏在水裡不錯，陸鬼罕有下水，也看不見。」他向我們保證吳耀銓被拘禁在黑傘裡，除非毀了傘，暫留在「虛幻燈螢」時也無法出現騷擾他們。

最好是這樣，不然吳法師就等著被我用淨鹽醃在罐子裡。

接著我們毫不客氣地打聽鬼怪情報，直到下半夜附近疑有鬼差經過，老符仔仙機靈地化為陰風跑了，我和刑玉陽才拖著疲憊身軀向主將學長匯報進度。

刑玉陽很會趁火打劫，不愧是當老闆的人。

□

我在半夢半醒間將從老符仔仙那邊得來的珍貴靈異資料反覆咀嚼幾次，還是覺得難以消化，不過已比剛聽到時清楚不少，接著就是靜待日後運用到實務上。

蹲了一夜沒能發揮存在價值的許洛薇，被一間房間裡有兩份上等腹肌的綺念困住了，趴在床尾不停喃喃自語，諸如「主公不要」、「尊者這杯酒有毒」、「教官我不會認輸」等等意義不明的句子，女鬼好友細柔嬌嫩的熟悉嗓音如同催眠曲發揮巨大威力。

美美地睡上一覺後，我在日光正盛最有安全感的近午時分醒來，因我佔據狹小客房，主將學長只好在刑玉陽房間打地鋪，兩個獨立成性的前輩自然是早起做事。

我梳洗整齊後下樓直接到後院，看看能否遇上學長之一，發現正在敲碎鹽塊兼曬製淨鹽的主將學長，身後還躺著兩大麻袋尚待處理的粗鹽，放久受潮難免結塊變硬。

主將學長拿著鑿子和鐵槌，叩叩叩的敲擊清脆有力，比木魚聲更能使人心境祥和，我不禁佇立觀察，之後主將學長發現我在看他，叫我去找刑玉陽討點吃的，再過來替他分裝敲得細碎的鹽塊。

我從善如流，口裡問著無聊的問題：「學長，這鹽都結成一塊一塊，還可以用嗎？」

爲了薇薇和我的將來，有必要積極模仿刑玉陽武裝地盤的手法，目前已確認淨鹽是必備選項，我在意的目標就變成資材循環利用和如何壓縮成本。

「阿刑說可以塞進中邪的人嘴裡，不然泡成濃鹽水也行。他還讓我弄好載一包回去沒事擦窗戶洗地清理住家濁氣。」

「原來如此。」

「小艾，阿刑的意思是，妳要是再被附身，他準備灌妳鹽水灌到吐，聽說這樣很有效，那天是看妳受傷才沒這麼做。」主將學長慢條斯理地敲下一槌道。

我隨著那裂開的啪嚓一聲跟著抖了抖，苦著臉用單手將碎鹽重新放進大大小小的玻璃罐和夾鏈袋備用。

做好新一批淨鹽的初步處理後，我們回到店面幫刑玉陽顧生意，沒有客人時就間斷討論這次戴佳琬掀起的腥風血雨。

可能是這陣子「虛幻燈螢」營業時間太不固定，客人眞的很少，就算來了也是外帶居多，刑玉陽倒是看開了，說大不了以後再開個簡餐業務從高檔顧客身上賺回來。

主將學長這天休假休得很有效率，我們加固了「虛幻燈螢」的防禦工程，整日都在一起理清神棍事件迄今的疑點與誤判，這讓我能比較客觀地面對自己的恐怖遭遇，以及尚未解決的難題。

「所以關於朱文甫的事情只是我想太多了嗎？還是朱文甫並不像戴佳琬那麼投入這份感情？」戴佳琬車禍死亡的男朋友就這麼消失了，無論生前關係多深，緣分一盡就成了斷線風箏？

既然沒有朱文甫出場的機會，我只能假設這個人是單純的死者。但他也非全然無關的局外人，畢竟有許洛薇這個死後兩年才甦醒的例子，加上戴佳琬的貪婪執念非比尋常，以後有機會還是得多加留意。

「或許只是走上該走的路，對陽世沒有迷戀。」刑玉陽撫摸著水晶項鍊道。

我立刻想起刑玉陽的母親在他少年時代就病死了，而我也失去雙親，但我們的至親卻從未在死後返回和活著的親人繼續眷戀互動，大抵這樣才是正常的。

陰陽眼或變成鬼也不能保證你就能看到想見的人，某種意義上，能和許洛薇交流的我已經很幸福了。

「妳說鄧榮已經是戴佳琬的一部分是怎麼回事？」主將學長昨夜聽完我們的各種轉述還是有不少疑問，趁著白天再度發問。

「我在被戴佳琬附身時隱約透過她的意識感覺到她吃了鄧榮，只是不曉得情況是這樣，老符仔仙說戴佳琬是魙的未完成體，魙本來就會寄生在活人身上，但她可能幼年開始魂魄就已經被腐壞同化了，表面看起來精神沒有失控，反而更清醒。」我也正消化著造成戴佳琬異常的特殊因子。

若我猜得沒錯，戴佳琬魂魄變質引發的病態思想模式和附身能力，與她的怪物化息息相關，而且還會繼續進化。

「戴佳琬的復仇就是吃了強暴她的人？」主將學長抓抓劉海位置的髮根，「這些鬼看起來每個專長都不太一樣？」

「老符仔仙說大概是魙的影響，魙本身是破碎麻痺的殘渣，更沒有感官和人格思想，必須從其他魂魄和肉體取得填補；但以戴佳琬的情況來說，卻形成她搭載外掛升級的前提條件。比如說惡鬼攻擊活人最大的障礙就是『能量不足』，但鄧榮是偏向吸食精氣的鬼，戴佳琬就得到額外的攝食器官和力量補給。我在夢裡感受到的男人視線應該就是鄧榮了。」我嚼著昨天下架的過期餅乾，再搭杯事先調好藏在吧檯下的咖啡牛奶，人間天堂。

老符仔仙對戴佳琬上吊自殺一事本來有恃無恐，不外乎是以他的專業經驗判斷，戴佳琬沒那麼容易變成厲鬼。遭遇比她悲慘的女子多了去，厲鬼能有這麼多嗎？而這麼多厲鬼成功弄死的人又有幾個？再說就算戴佳琬眞成了厲鬼，只要在她變強前處理掉就好，老符仔仙打的就是這個如意算盤。

誰也沒想到，戴佳琬一死就上了鄧榮的身，不只超乎我們想像，也跌破老符仔仙的眼鏡。

「戴佳琬能附身殺死鄧榮，然後控制他的魂魄，這是最關鍵也是最成功的一步，可以說沒有鄧榮的合作她肯定殺不死吳法師。」讓我百思不解的是，變成鬼的鄧榮總該有一搏之力吧？但他似乎也沒什麼反抗的樣子。

戴佳琬是很恐怖沒錯，但被她虐殺都沒火氣的嗎？

「妳說要諮詢專家意見有消息了沒？」刑玉陽同意我有條件地釋放資訊向堂伯討教，反正整件事早就不是密不透風的鐵桶，我們也不具備眞正的解決能力，再不做出適當求援無疑很蠢。

蘇靜池並非靈能力者，但蘇家族長是鐵錚錚的學者，別的不提，英國可是supernatural和祕密結社的大本營，要說堂伯沒認識十幾二十個靈媒和鬼魂專家我才不信，要解決雙胞胎的業障早夭問題必須建立相關人脈，他有這個本事。

「我在等堂伯的電話，啊，靜池伯伯發簡訊過來了……他說戴佳琬身上有最完美的媒介，這是啥意思？」我一頭霧水。

刑玉陽垂眸細思片刻道：「以吳天生的符術舉例，要對人作法，最好能弄到對方的生辰八字、貼身衣物和指甲頭髮，本人的一部分，這就是所謂的媒介。」

「戴佳琬能立刻對鄧榮附身，是因爲她有鄧榮的媒介？」主將學長對這些怪力亂神的基本常識惡補得有些吃力。

「並且是能打破活人和亡者之間的不同磁場和業道障礙，一口氣將距離縮短到零的完美媒介。」

刑玉陽剛說完，我也聯想到答案，一下子食慾全無。

「那個黑色胎兒，沒有魂魄，卻是鄧榮的孩子，他和戴佳琬融合孳生的血肉。」這道針對鄧榮咬噬的業力該有多重啊！戴佳琬更是在還有呼吸時就堅持向鄧榮復仇，致使不但附身毫無困難，死後魂魄的連結也是。

「現在他們魂魄黏在一起，戴佳琬想吞了鄧榮，而鄧榮想依附戴佳琬，但他有時候又會在戴佳琬命令下脫離行動，比如說殺雞那次的誘敵作戰，還有我被綁架到戴家時鄧榮也不在。魙的部分大概是起了黏合劑的功效吧？」我說出自己的感想。

「妳的根據？」刑玉陽問。

「這是被戴佳琬入侵時產生的共鳴，她的魂魄狀態很難形容，總之不像人了。」許洛薇的變身好歹像貓科異形，但戴佳琬已經脫離動物範疇。「而且我對被附身後怎麼被帶到戴家的，到現在還是沒有記憶，對我來說只是一場獨自搭火車的普通夢境。」

這才是我害怕火車的眞正原因，要是我弄清楚所有遭遇細節，反而不會那麼害怕，曖昧模糊的未知更滲人。就像我永遠不明白，寃親債主怎麼透過電話迷惑父母，或者早已對他們附身？其中靈異力量的運作原理到底怎麼回事？我不明白，雙親已逝魂靈飄渺，又沒有學校或老師能對我提供教學解答，我害怕這種被蒙著頭的無力感，更害怕重蹈覆轍。

我繼續分析自己爲何會有這些想法：「我不是鄧榮，完全附身需要時間，但戴佳琬最恐怖的地方是，她和你像是一體的。在火車上戴佳琬可能同時控制我和她媽媽的意識，這是我的感覺，她用依附而非取代，在幾乎靠在一起的情況下，若只是不太複雜的動作，她可以同時操控兩個人。」

「戴太太和女兒原本就是互相依存的關係，而妳心燈滅了。無論有心或無心，戴佳琬的選擇總是對她相當有利，原本她可能考慮得手後就拋下母親直接帶走妳，後來發現沒有這個必要。」刑玉陽推敲著。

誰會想到戴佳琬會將鄧榮和母親利用得這麼淋漓盡致，包括她自己的死，刑玉陽的善意？

「眼下不能讓戴佳琬再變強了，最好能把她和鄧榮分開。鬼都依靠執念存在，我們也得從這點著手，無論是自保或反擊。」刑玉陽說出了讓大家熱血沸騰的發言。

「鄧榮的執念？」說起來我好像忽略了這一點，應該說沒興趣。除了我對這人的印象一直停留在幫凶和好色混蛋，就是他幹的壞事與下場都很好理解。

五十來歲的鄧榮在吳法師和老符仔仙幫忙下性侵戴佳琬，還希望娶她為妻一直將她控制在手裡滿足下流慾望，簡直無恥至極。

小花在這時出現，用兩隻前爪搭著主將學長的牛仔褲討罐頭吃，身為覺醒的貓控，主將學長二話不說開始餵食，許洛薇則趁主將學長注意力暫時被引開時加入討論，她說畢竟我的演技常常靠不住。

也算人肉了主將學長四年的許洛薇很清楚這個男人就算沒陰陽眼還是相當敏銳，她少女心作祟，就算是死了也不想在主將學長面前出櫃。

我懂她的顧忌，萬一紅衣女鬼的存在連主將學長都知道了，她還怎麼附在小花身上揩油？

刑玉陽一看見許洛薇出現隨即換了站姿，雙手環胸嘴角上揚，這個動作讓他做來顯得無比邪氣又挑釁，許洛薇不甘示弱地扠腰挺胸，夾在中間的我表示：你們夠了沒？

「鐵定是斯德哥爾摩症候群！這有什麼好難的！」被冷落了一晚加一早上的許洛薇硬要加入討論。

「活人不懂啦！像你們這種死了還會打架還手的類型很少見，大部分的鬼都怕惹麻煩又怕壞人。而且是被活活虐殺，鄧榮的魂魄保證看到戴佳琬就嚇壞了，他說什麼都不敢反抗的，加上他迷戀戴佳琬又做賊心虛，男人一旦覺得虧欠某個女人，就會對她百依百順，況且她還有能力把你戳成蜂窩。」許洛薇欺男霸女的經驗一多，說得頭頭是道。

行徑肯定很惡劣的許洛薇在找孤魂野鬼蒐羅情報時沒有被鬼差取締真是奇蹟，難道陰間也默許流氓黑吃黑？

我前後張望確定主將學長正細心地將貓罐頭倒到盤子裡，又拿出化毛膏準備餵貓，這才小聲轉述許洛薇的話。

「哦？那要怎麼樣才能分開他們呢？」刑玉陽居高臨下看著紅衣女鬼，我忽然很好奇刑玉陽眼中的許洛薇到底是什麼樣子？有變得清晰嗎？還是那種模糊的紅綠燈小人？

「昨夜那個封印在雨傘裡那招不錯，你們先想辦法弄個封印道具，像養小鬼那種甕啊啥的，等我再遇到戴佳琬那變態，就先把鄧榮撕下來再隔離，不就分開了！」提到暴力分解，許洛薇很有自信。

這種聽起來很扯卻可能成功的手法真不知該怎麼說，但我想的還是比許洛薇複雜一點。

「但戴佳琬應該比我的冤親債主還髒，萬一妳被魙傳染了怎麼辦？」魙是鬼死後的產物，照理和鬼魂的同質性更高，我不認為魙只會危害活人，不如說剛好相反，像許洛薇這麼鮮活的鬼魂才容易變成獵食對象。

不過眼下戴佳琬的目標是刑玉陽，只要我方謹慎點，還毋須太緊張許洛薇被污染的風險。

「呃……那個，我先研究看看能不能具現出手套好了。」被隔在喪門障外的許洛薇也對戴佳琬的棘手有所體會，別的不說，在庭院留下血臭鬼跡的鄧榮就夠污穢了。

即使暫時逃出戴佳琬的魔掌，等著處理的麻煩仍舊堆積如山，其中最令我在意的就是失蹤的戴太太。

Chapter 09 / 繼承

一提起戴佳琬的母親，現場頓時陷入短暫沉默。

距離我們倉皇離開戴家已經過了四天，那一夜也是我們最後確認戴太太行蹤的時間，沒有肉身的戴佳琬利用戴太太的身體綁架我，車站有人目擊到她的身影。

還有活人正落在戴佳琬手裡這個問題很嚴重，並非我們忽略不理，但第一時間就通知戴先生的主將學長遲遲沒收到正面回覆，只能觸礁乾等。

我差點上吊那一夜，現實中與我一同搭火車的戴太太並未出現在戴家，此後毫無消息，連老符仔仙也不知她將母親藏在哪。

如果你把鬼魂當成無所不能的駭客那就大錯特錯了。

主將學長和刑玉陽救出我並撤退後，當然不能將戴家就這樣丟著，於是主將學長立刻通知戴先生簡述經過，按照刑玉陽的主意將故事著重在戴佳琬想找替身，差點就把他們的學妹也吊到風扇上還綁架生母，請他去巡視現場並立即確認妻子行蹤。

電話中戴先生的聲音聽起來半信半疑，支支吾吾地說天亮就過去。主將學長認爲他會不會如實行動很難說，那男人一來感覺得出很害怕，二來沒有解決麻煩的毅力。

果然都拖到早上快十一點了，戴先生才遲遲回電，希望由我們陪同一起善後，被主將學長爽快地拒絕了。刑玉陽不在，我們對於現況無計可施，戴佳琬目前雖然離開，但隨時有可能回去，主將學長直率地說他們要先養傷再想辦法，畢竟同伴差點就被吊死了，要戴先生自己去找高人求救。

坦白說事情會惡化到今天這步田地，這個男人要負很大責任。戴先生一直不肯通報妻子失蹤，堅稱她只是回娘家休養心情不好，導致戴太太也走上女兒的老路，陷入被遺棄卻無人聞問的灰暗地帶，這點令主將學長相當火大，奈何他的能力權責有限。

「那男人抵死不承認妻女與他自己精神出了問題，互相荼毒，就算警察找到戴太太讓她回家，他會照顧她還是譴責她讓自己丟臉？這樣再被拐走也是遲早的事，那家人沒救了。」刑玉陽站在吧檯後說。

「可是放任不管，那對夫妻還是會死，戴佳琬正利用那個家變強。如果父母都被她徹底控制，外力想介入就難如登天了。」我這樣說。

「已經通報過城隍，若他們還眼睜睜放戴佳琬壯大，表示陰律能力有限，我們期待太多了，有人目前能這樣也算是既得利益者。」他又拿起一組咖啡杯擦著。

「小艾妳看他啦！嘴巴怎麼那麼賤！」許洛薇用力搖著我的右手。

「好啦好啦！人家都肯讓妳待在店裡，其實對妳很有心了。」我不敢說得太大聲，若刑玉陽聽到我這樣為他說話，肯定會拐個彎整我。

「有沒有辦法可以讓戴佳琬放走她媽媽呢？」我邊問邊提醒許洛薇安分些。「主將學長餵完貓過來了。」

「戴太太被附身是一直都沒有自己的意識嗎？若從女兒頭七後、她行蹤可疑開始計算，她受戴佳琬控制已經有一段時間。」主將學長完全無法想像被附身的感覺，只好問我。

我很認眞地思考，並在許洛薇的提示下開口：「我想戴太太應該沒完全喪失行動、思考能力，至少失去意識時間不會太長，只是思考模式被影響。比如說有被害妄想，認爲大家都想害她所以才躲起來，戴佳琬可能對她做出類似洗腦行爲，這樣她就不用一直出力便能待在母親體內。」

只要看過生前瑟縮在精神病院裡的戴佳琬，就不難想像她會用什麼方法控制活人行動。她的攻擊手法幾乎都取自生前的生活經驗，用起來嫻熟深入，令人難以提防。

「老符仔仙說戴佳琬很久以前就被魙寄生，她會變成那樣是否和魙有關？」我只能問最早告訴我這個字眼的刑玉陽。

「如果沒有魙就不會變成那樣嗎？妳想把責任都推給魙？」刑玉陽反問。

我搖搖頭，有點生氣。「我相信戴佳琬到自殺前不久應該都還在抵抗黑暗面，從她的錄音就能證明這一點。」倘若戴佳琬沒有那麼悲慘又堅強地奮鬥過，我又怎會對死後的她毫無防備心？只不過她的抗爭最後輸了，而從小養成的黑暗面卻無比驚人。

「我只是想知道她的精神層面到底爲何能那麼適應折磨和死亡？回歸到戴佳琬的自殺手法，那不是一時衝動就想得出來的內容，也許她接到鄧榮的手機把他約到現場是臨時起意，但手法本身太戲劇性了，簡直像舞台劇畫面。」

「也許的確不是一時衝動決定的自殺手法。」刑玉陽沉吟。

「你是說她早就幻想用這種方法自殺？」主將學長不敢苟同。

「如果戴佳琬生前心靈就有一部分無限接近亡者，就能解釋爲何變成鬼對她的衝擊非常小；換句話說，她活著時就和死了沒兩樣，還沒中符術前就是這樣，幻覺只是讓她連確認現實證據的能力都喪失了。」

「活著就是活著，怎會覺得自己死了？又不是植物人。你不是用白眼看過戴佳琬，難道這段時間都沒發現不對勁嗎？」主將學長不自覺對好友的超能力流露嫌棄口氣。

「我看不見魙，也看不出誰有精神病。」刑玉陽沒好氣地說。「不過我可以提供你學術上的論證。活人的腦袋很強大，可以把自己想成神，也可以把自己想成鬼或死人，科塔爾症候群（Cotard's Syndrome）又稱活死人症就是這種妄想。」

「我不是說戴佳琬得了這種精神病，但她本來就沒有正常對象可以模仿健全的人格，一天到晚被要求待在房間裡乖乖的，這和死人有什麼兩樣？或許這種精神狀態很容易吸引鬻上身。」

刑玉陽說到一半劍鋒忽然指向我：「蘇小艾，妳小時候難道沒想像過自己的死法？青少年對死亡的興趣應該很大。」

「沒有！我在專心研究獵人試驗和偉大的航道！」這可是實話，我討厭自殺到從來沒想過這種可能性，不過我總覺得人生有很多意外，算是順其自然的性格。

等等，你明明是對我說話，為什麼不用「少女」而是「青少年」這個詞彙？歧視我嗎？混蛋！

刑玉陽因為我不給他面子擺了個臭臉。

「你們有想過去死嗎？」我問男生的意見。

「沒有。」主將學長秒答。

「我有想過怎麼讓人死……」刑玉陽的答案不太和諧。

「想想就好，不要犯法。」來自現役警察的規勸。

「我知道，那樣太不划算，還好長大後遇到的白痴也比較少。」刑玉陽可精明了。

我再度偷瞄許洛薇，承認自己故意把話題引到自殺就是想測試她的反應，結果紅衣女鬼還是不動如山。

「關於附身我是認識一個專家，也許能問問他的意見。」我有些遲疑地說。

「妳什麼時候又認識附身專家？」刑玉陽目光銳利地看過來。

「就是王爺廟的葉伯，提到被神明附身，人家超有經驗。」其實我想直接問殺手學弟，畢竟年輕人比較容易和我狼狽爲奸，不過既然他不願意被人知道當過乩童，我在主將學長和刑玉陽面前還是略有保留。

「好吧！事關人命，妳還是能問就問，我也會盡量打聽辦法，但接下來就是停損點，太危險的方式不考慮。」刑玉陽道。

這時恰巧顧客上門，我們有默契地暫停話題，只是來人讓我傻眼。

「學弟？」

殺手學弟揹著帆布束口袋，掛著萬年不變的微笑走進「虛幻燈螢」。三分頭加上薄薄的運動外套，比例完美、步伐俐落，好一個清爽運動帥哥，許洛薇立刻吹起口哨。

「午安呀！學姊，妳果然在這裡。」殺手學弟本來很高興地朝我打招呼，視線停在我的左手，笑容立刻枯萎了。「手怎麼傷的？」

「欸，沒有很嚴重啦，只是還在塗藥才包起來。」我趕緊走到主將學長旁邊，打斷還想問下去的殺手學弟，替兩人互相引介。

「主將學長，久仰了。我看過很多你的比賽和練習錄影，眞的非常精彩，我是下學期升大二的企管系葉世蔓。」

「學弟就是因爲你才加入柔道社。」我插嘴說。

「你好，我是丁鎭邦。」主將學長主動伸手，於是兩人很客氣地握手招呼。

我覺得他們握得有點大力，不知主將學長對殺手學弟的握力還滿意否？

「小艾上次回故鄉就是住在你爺爺家？那次你也在場？」主將學長已經聽我說過溫王爺廟乩童被邪祟的事件，但他又當面問了一次。

「是的，我也沒想到和學姊這麼有緣。」他說這句話時看著我，桃花眼青年懶洋洋的語氣聽上去總帶著幾分撒嬌曖昧。

還好有許洛薇的洗禮在前，我已經習慣殺手學弟沒事亂漏電，甚至暗暗希望他利用這個生物特性能幫我多拐幾棵小白菜進社團。

「你有陰陽眼嗎？」主將學長開門見山問。

「沒有！」殺手學弟答得理直氣壯。

「他看起來怎樣？」主將學長改詢問好友。

主將學長剛剛主動握手吸引對方注意，就是要讓刑玉陽有機會發動白眼鑑定，我很了解主將學長的攻擊節奏。

「算是很好。」礙於外人在場，刑玉陽沒有說得很明白。

「欸～刑學長有陰陽眼？」殺手學弟頗感興趣地問。

「只是略有感應。」刑玉陽一副不想多談的樣子。

因爲他爺爺是高人，所以牛刀小試看看孫子對靈異話題會有什麼反應嗎？

「學弟，你認識他？」我指著刑玉陽。

殺手學弟似笑非笑。「之前刑學長用妳的手機打給我，說妳半夜夢遊失蹤了請我多找些人在住處和學校附近搜尋。」

這句話聽起來好像有哪裡不對？許洛薇爲何要睜大眼睛「唔嘻嘻嘻」地笑？

「不過我也很訝異，刑學長竟然和主將學長認識。」殺手學弟說。

「他們從小就是好朋友。學弟，你幹嘛訝異這個？」我好奇地問。

「當時滿疑惑怎會碰巧聯絡我去找小艾學姊的人就是佳琬學姊的直屬學長，然後我立刻想起來，小艾學姊之前拜託我調查文甫學長時略提過妳認識佳琬學姊的直屬學長，只是沒想到你們交情這麼好。」殺手學弟一股腦兒把底牌全掀了，他果然有去查戴佳琬那邊的校園關係，今天擺明就是對我逼供的吧？虧我還想幫他維持日常表象！

主將學長和刑玉陽頓時虎視眈眈，我替殺手學弟捏把冷汗，但他好像不受殺氣影響，因為大家都是猛獸的關係嗎？

「我本來不想把話說太白，私下和小艾學姊打聽也可以，沒想到她受傷了，覺得大家還是坐下來講清楚比較好，不弄明白學姊的遭遇，還有你們到底在和什麼『東西』打交道，我可是坐立不安吶！」殺手學弟特地在那兩個字上加重語氣。

「你期中考考完了嗎？」我板著臉問。

「下午選修課交報告就可以走，我請人代交了。」殺手學弟抽起飲料單打量，表示他有時間。

「給我一杯店長推薦的黑咖啡就好……對了，剛剛小艾學姊說兩位學長是好朋友，我總算弄懂你們會兜在一起忙活佳琬學姊的緣故了，從神棍事件就開始了吧？那時佳琬學姊還活著，所以是找認識的人來幫忙？」殺手學弟選了個採光良好的座位，又露出迷死人不償命的淺笑輕拍桌面邀我入座。

學弟，你這樣不惹人討厭才怪！不過他平常在柔道社就是這副德性，比起好好先生的偽裝，至少是比較坦率的本性流露。

主將學長拖來一張椅子，坐在殺手學弟的斜前方。

「這件事很危險，我們不想再讓無關人士介入了。」主將學長說。

「那專業人士呢？」殺手學弟托著臉頰反問。

「你能代表你阿公葉先生？」

「不，我是說我自己。」

別怪主將學長一臉懷疑，刑玉陽也不以爲然，前不久王爺廟出事的兩個青乩年紀和殺手學弟差不多大，只有聽過殺手學弟乩童資歷的我知道他眞的算專業人士。

殺手學弟嘆氣，無預警承認過往身分，「我是阿公親手訓練出的乩童，原本要接他班替媽祖娘娘辦事，只是不想走這條路退出了，但我對鬼神的認識絕對比一般陰陽眼要多；重點是，我從小就在阿公桌頭旁邊看過各式各樣信徒災難，有解無解的都有。」

「學弟你不是不想被人知道當過乩童？幹嘛自己說出來！」我被他嚇到了。

「還好啦！你們應該不會到處宣傳廣告，刑學長也說他看得到。我想讓他們對我多一點信心。」殺手學弟忽然伸出指尖輕輕拂過我沒包紮的手腕處，那裡不知怎麼弄的，有塊瘀青還沒消退。

他說：「要是你們早點問對人、問對問題，小艾學姊或許就不會失蹤受傷，但沒積極關注佳琬學姊託夢這件事，我也有責任。我早該知道，小艾學姊不像其他知道我過去的人，不斷惹麻煩卻認爲我有義務幫忙，只有她一直要我別插手。」

許洛薇趴在我肩膀上舔了舔嘴。「有情有義好腹肌，值得擁有。」人家有男朋友，別肖想了。礙於主將學長坐得很近，我只敢在心裡吐槽許洛薇。

「其實我們是想撤了，只是不知道怎麼收尾。」

刑玉陽說他去泡咖啡，要我們自便，這就是默許的意思了，和許落薇跳到殺手學弟後面用雙手比讚應該也有點關係，於是我在主將學長監督下敘述前因後果，期間不夠清楚的地方學弟也一一提問。

前乩童和我們的著眼點不太一樣，殺手學弟傾向關注戴佳琬和家人相處細節，提出的問題多半是關於這方面的；魙或統稱邪祟的部分他的想法是像感冒病毒一樣，每個人或多或少都沾染過，不是特別嚴重的外因，但也有些人死於感冒併發症，戴佳琬的情況可能是終身都在感冒。

「我和佳琬學姊不熟，詳細意見我可能要聽過錄音檔才能確定。」

「你不能聽。」主將學長直接拒絕。

「那就先不批判太多吧！不過有個地方我想特別討論一下。」殺手學弟以食指指背抵著嘴唇。

「哪裡？」

「戴姊姊講述佳琬學姊童年異常那部分。她去哪都要姊姊陪，姊姊不聽話被處罰時卻沒有反應，這不是很普通嗎？」殺手學弟語出驚人。

「怎麼會是普通？」我不能接受。

「面對大人的打罵，哪怕受處罰的不是自己，小孩子手足無措也很正常吧？不普通的是過了這麼多年還特別提起這件事的戴姊姊，這是她的心結，最該負責的應該是沒有做好身教的大人。不過我也看過很多把家庭外來者妖魔化的信徒，最常見的就是下毒要害公公婆婆的媳婦了。」

戴姊姊把戴佳琬看成破壞家庭的外來者，但理智知道戴佳琬才是親生子，又是需要照顧的妹妹，不能接受養父母蠻橫多變的自私言行，矛盾的感情必須有個合理發洩出口。

比如說，妹妹是怪物，沒有感情、以別人的痛苦為食的怪物；而妹妹的想法很可能只是單純想幫姊姊討大人歡心，以免姊姊一個人被冷落很可憐。

這對姊妹不同的做法，結果好壞卻取決於戴家父母的喜惡。戴佳茵為了保持自我，犧牲了家人庇蔭；戴佳琬為了生存放棄完整人格，她們養成的觀念也截然不同。

「一旦被家人用有色眼鏡看著，心魔就容易趁虛而入，有時候還真的妖魔化了。當時相當受父母溺愛的佳琬學姊，那個家裡第一個直接讓她感到受傷的人，只可能是她最喜歡的姊姊，之後她也不斷尋找替代品。」殺手學弟分析。「和文甫學長在一起時她不是還能控制自己嗎？很多眞的有病的人是把陪伴者拖下去，但佳琬學姊好歹保持在一個平衡上，只是後來外力讓她一直惡化。」

「學弟，說這個已經太晚了。」主將學長說。

「現在需要善後保護的對象是這個家的『因』，也就是佳琬學姊最早相處的家人，他們不自己改變，我們做什麼都沒用，而且最好不要把救回來的人再放進會互相怨恨荼毒的家裡。」殺手學弟指出癥結點。

「我們也是這麼想，只是戴家那兩個長輩的觀念個性都已經定型，有具體的做法能讓我們先交代給戴先生嗎？」我問他。

「他最好到正派的廟宇或者需要幫助的學校公益團體身體力行奉獻，不要只有捐錢，然後盡量找會曬太陽的工作，把時間都用在正經事上。一來多做功德才容易有神明願意幫忙，這不是對價關係，只是看你的態度；二來有收入、有目標把身心穩定下來，才不容易自取滅亡。」殺手學弟流暢地列舉。

我聽得心有戚戚焉。

「其實類似的案例我遇過很多啦！親人、祖先的靈回來作祟，因爲家裡有各種媒介和本來就是家庭成員的合法通行權很難驅除，只能盡量賠償安撫。戴家這棟房子賣了一定會變鬼屋，沒有活人住進去，家裡的氣場就會敗壞。我建議還是要有戴家人住在裡面，不然那個家就會由佳琬學姊繼承，勉強騙人來租只爲賺錢就很缺德了。」

「這是無論如何都必須阻止戴佳琬得到基地的意思？」刑玉陽在青年面前放下一杯黑咖啡。

殺手學弟舉起溫熱的杯子聞香。「沒錯，而且戴家必須有人改變，戴太太才有回頭的機會。當下無解的事，透過十幾二十年的努力又說不定了，神明雖然有指點，路卻是不好走，所以最後如願的信徒很少。你們要是不相信也可以問我阿公！但他一定會要你們別管，我倒是覺得小艾學姊若願意靠一下蘇家背景，找到戴太太時可以把人送到王爺廟看看。」

我不敢立刻答應，只是以我的個性到時候大概還是會能幫就幫，雖屬無奈之舉，能牽制戴佳琬也好。

「戴佳琬現在應該是力量用盡需要潛伏了？」

「以她的所作所爲，確實很有可能是這樣沒錯，鬼怪如果有了據點等於如虎添翼。」殺手學弟說。

「廢話！不用淋雨曬太陽就少掉很多負擔，有人供養當然更好。」許洛薇在旁邊插嘴，可惜只有我聽得見。

原來許洛薇會那麼強，有部分原因是我後勤做得好嗎？

刑玉陽陷入思考。

「該選個繼承者出來了。」他這樣說。

□

戴先生在刑玉陽要求下主動找上門，見面地點的改變意味著一件事，我們不會再巴巴地替戴家做牛做馬，這次戴先生用最快速度來到刑玉陽的店。

刑玉陽選在營業前一小時與戴先生談話，打算速戰速決。

「戴先生，我在電話裡詳述過重點，不接受討價還價和其他做法，如果你想盡可能全身而退，最好全力配合。我的同伴險些沒命與目前死亡、失蹤人數可以證明，你死去的小女兒極端危險。」刑玉陽對如驚弓之鳥的男人說。

「你說我可以保留產權，只是要把房子的使用權交給佳茵，並授權你們處理小琬遺物，我還要負擔相關費用，以上條件全部必須簽同意切結書？」戴先生睜著滿是血絲的眼睛啞聲確認。

「戴佳琬的遺物最好盡數銷毀，絕不能讓其外流，保險起見我會親自經手。關於房子部分很簡單，你只要這麼想，大女兒和小女兒想讓哪一個住進原本的家？但你本人必須搬出去，客廳地板磁磚全部換掉，那間房子必須重新裝潢。」刑玉陽身上的亞麻色針織薄長毛衣隨著坐姿改變出現柔軟縐褶。他左掌按著桌面，易牽動傷處的右手則鬆鬆垂在身前，中年男人低頭望著咖啡躊躕不定，半長髮的俊美青年不再賣乖討好長輩，態度強勢冷淡。

「我……」

戴先生滿腔疑問與不滿，我不用猜就知道他的心聲——為何我會這麼倒楣！

「假使你的養女願意幫忙繼承管理那個『家』，你還有保住房子和性命的機會，否則等戴佳琬恢復力量，她大概很想讓爸媽早日團聚。」刑玉陽強調那個關鍵字，好讓戴先生理解重點，他們是來幫他留住財產而非搶奪。

「那個不孝女現在人都不知道在哪裡。」戴先生弱弱回答。

「我可以替你聯絡戴佳茵，她若不答應，我們便無能為力了，畢竟這件事太危險，本來就不是我方義務，甚至已經承擔很多損失。」刑玉陽故意抬高架子催發戴先生的危機感，但他並未言過其實。

戴佳琬的父親考慮許久才答應提議，妻子失蹤帶給他不小打擊，兩個女兒先後出走，男人的生活幾乎都靠戴太太打理陪伴，連一個人生活都有問題，這點從戴先生頹廢的外觀很明顯看得出來。

「你現在有很多事要做，尋回妻子，賺錢支付將來保證人身安全的必要開銷，還得多積功德。不相信我們？你可以雙管齊下另外找高人救命，但別動那間凶宅，亂搞一定會出事。」刑玉陽的聲音中蘊含著令人不得不諦聽的壓迫感。

「爲什麼會這樣？好好一個家……我好不容易要退休了，有房有車，有老婆女兒……」戴先生喃喃自語。

從來沒有「好好的一個家」，只有他活得很舒服的窩，可以呼喝使喚妻女滿足大男人的樂趣。

我忍住譏諷，反正懶得罵了，好在戴先生還沒懦弱到連自己的老命和老本都不要，沒什麼反抗就接受安排。

我想戴先生態度的轉變和老婆失蹤時將私人存款與共同帳戶裡的錢提領大半有關，一貧如洗的壓力不是原本生活穩定的中年人能忍受，他現在還是不想通報妻子失蹤，多少抱著妻子會主動回來的奢望。

刑玉陽沒有逼得太緊，過度刺激挾持人質的戴佳琬可能導致魚死網破，目前以戴家七零八落的情況，就算幸運找到人也無力安置，只好期待過陣子戴先生冷靜下來後能改變做法。

善後工作算是相當順利，戴先生一回去就雇用清潔公司開始打包戴佳琬的遺物並清空房間，整個家都用漂白水和氫氧化鈉消毒過一次，接著裝潢師傅也拎著電鑽來拆地板。

關鍵是抹銷戴佳琬生活過的痕跡，她小學五年級時戴先生半買半貸購入這間市區公寓新屋，算算戴佳琬在那裡住了十年左右，還不是普通的居住，身心可說是被雙親囚禁在這間房子，死前倒數的日子精神暴力更加變本加厲。

刑玉陽致電戴佳茵，重述戴佳琬最新的情況，並請她做好提防，原本打算和戴家一刀兩斷的戴姊姊聽說我被戴佳琬吊起來拔指甲，立刻決定前來探望我。坦白說她打算這麼做讓我很驚訝。

我對戴佳茵的印象一直停留在神經質又疲憊的好人，至於好人的依據，主要是我主觀這麼認爲。經濟並不充裕卻願意支付妹妹的住院費用，同樣在底層生活，我理解她這麼做有多麼不容易。

小老百姓的生活總是這樣，你沒事多請一天假就要擔心老闆不悅，工作是否會開天窗；生活中許多開銷就是省不了，忽然多出一筆大支出，只能咬牙承受，祈禱身體不會出狀況或有其他意外，以免不能工作就完了。

就算像刑玉陽自己開業當老闆，一處地方客群有限，先天條件再好，他要是經營得太散漫也是喝西北風，客人想到來消費是你的運氣，要是遇到沒開張先扣分再說。更別提主將學長作爲特種公僕，非但沒有足夠時間經營生活還要承受各種風險。

戴佳茵用行動表達她明白我們承受的壓力，包括職業收入與健康等種種風險，投桃報李的感覺比支票還令人高興。

過了兩天，戴佳茵果然信守承諾出現。

「我沒想到她會這麼過分，對不起。」戴佳茵第一句話就是道歉。

她看起來很生氣。

「又不是姊姊妳的責任，妳本來一刀兩斷的決定很對，我們只是擔心現在妳一個人生活還是有危險。」我觀察著她的反應。

「你們確認那兩個神棍是佳琬所殺，她綁走那個女人，還會繼續對其他人不利。你們想到一些補救方法，但需要戴家人配合。」ＯＬ女子輕輕複述目前認知的事實。

戴佳茵把實際是表姨媽的養母一貫稱呼為那個女人，我不懷疑她想和戴家一刀兩斷的決心，只是情況似乎不容她這麼期待了。

「刑學長尊重妳本人的意願，妳如果無法割捨那個家，就得用正確的方法保護自己，不能逃避。」

「我無法割捨？」戴佳茵的表情像是聽見一整條街的瘋子說笑話。

「妳沒有改回被收養前的姓名，為戴佳琬做壞事生氣，卻還是幫她道歉。這樣下去妳會被戴佳琬帶走，因為妳還想當她的姊姊。」我憂慮地解釋後試探詢問：「妳也擔心行蹤不明的戴太太對嗎？」

戴佳茵緊緊地抿著唇，眉心下陷。

「我不是爛好人，我不想當白痴，為什麼……」

「因為戴姊姊是普通人吧！」我福至心靈冒出了這句話，她一臉莫名其妙。

忘恩負義需要天分，有些人天生臉皮薄，幹不來太下流的事，被多餘責任感綁死的傻子更是一海票。別再說只有自私是人性了，雞婆八卦熱心救難也是啊！到底人的本性會在什麼時刻轉到哪面骰子很難說。

戴姊姊已經發現恩怨不能互相抵銷，正因為她不放棄對戴家的怨恨，她也無法忽略戴家曾給她的恩惠，有些人就是辦不到稀里糊塗抵銷了事，非得算得黑白分明。

我也有這種強迫症，對戴姊姊苦逼的心境非常理解。

「反正靠戴先生鐵定不成，穩死的，但戴姊姊不一樣。」

「我哪裡不一樣？」

「妳是戴家的長女。」我直視她道。

這個稱呼讓她繃緊全身，瞪大眼睛，相當難以適應。

「無論合法財產繼承權，或者這個家的祭祀權，妳都有這個資格接受，問題在妳願不願意回來？」

「我早就簽字放棄遺產了。」

「這是我們一開始就想向妳確認的部分，戴先生也不想把財產留給妳，妳可能拿不到豐厚報酬，刑學長的辦法是在名義上由妳繼承家主之位管理這個家，讓房子不致於變成鬼怪巢穴，甚至害到一些無知活人。」

原本主將學長認爲將擔子交給戴佳茵不甚妥當，但眾人一致同意讓戴佳琬父親接手房子會是一場浩劫還會拖更多人下水，目前已經夠嗆了。

「我不可能搬回去住。」戴佳茵惡狠狠地說。

「不用搬回去，只要定期過去確認房屋狀況、打掃環境和祭拜公媽，最好還能收些男房客代替妳住在那裡。必須把戴家租出去維持人氣，我們已經替妳向戴先生爭取到補助，比如說房租妳拿一半，維修成本從剩餘收入扣除才匯給戴先生，他沒有妳同意不能接觸房客並踏進屋裡，等於由他聘妳管理守衛自己的房子。」我小心翼翼地說明。要戴先生付薪水給養女簡直痴人作夢，甚至房租全給也不可能，刑玉陽爭取重點便放在半義務辦事更有底氣自己作主和全面控制權。

「就算能收到房租也不划算，只是讓妳盡量在不虧本的前提下保護這個家的安全性，畢竟要人做白工太扯了不是嗎？運氣好可能外快會多一些，萬一將來工作租屋那邊臨時有變，還能多條退路。不過妳要和我們約法三章，不能獨自前去戴家，面試房客時要找我們一起，不能把房間租給女性，還有隨時留意房客狀況，認爲不對勁就退還押金趕人。」我愈說愈覺得這個屋主條件簡直太刁難人。

光是和戴佳琬搶地盤就是在玩命，更別提定期兩地奔波的管理成本。生人與死者之爭，陽宅與陰宅之爭，更是姊妹之爭，戴佳琬爲了在死後得到更多力量付出的心機絕不會少，沒有相當程度營造便無法拉回傾斜的天平。

戴佳茵靜靜聽著，日光灑在她平凡臉龐上，切割出幾片銳利的明暗。

「這是普通人才做得到的辦法。」我說。

「你們太高估我了。」戴佳茵苦澀地說。

「作爲提議者，要是妳眞的缺人陪伴到戴家處理例行作業，我們會出人手幫忙。」這種做法對我們何嘗不是負擔？我已經決定這種事就不讓主將學長和刑玉陽出動了，反正我時間多又缺歷練，許洛薇恨不得當面找戴佳琬決鬥。

「事情沒這麼簡單，妳忘記我是爲何離家出走的嗎？我甚至不確定搬到哪才安全，那個變態一直想找到我，也許我永遠都得這樣東躲西藏。」戴佳茵拋來責難的一眼，表示她自身難保。

當初戴佳茵險些遭跟蹤狂強暴，同事雖及時趕到報警，但情況太過混亂加上同事也是女生不足以阻止跟蹤狂逃跑，警方迄今沒能抓到犯人。

戴姊姊最令我佩服的一點，以及我和學長們相信她有能力接下家主之位的原因，就是她從未心存僥倖，哪怕放棄許多普通人的幸福享受也要保住基本人身安全，再怎麼狼狽還是有著一份高傲。

想活下去，這就是凡人最強大的力量，困難的是想活下去還要守住本心，只要一天還在掙扎，我們就能成爲戰友。

「關於這件事，不管妳答不答應守護戴家，都想請妳盡量勻點時間配合我們進行一個計畫。」我看著屋簷下的許洛薇，她站在戴佳茵背後露出大大的笑容。

「計畫？」戴佳茵一瞬看起來想要拒絕，視線掃過我包著繃帶的左手，最後按捺不動，眼神羞慚，多想一口答應，理智卻必須拒絕，她沒有資格揮霍個人時間，工作有個閃失就保不住一切。

坦白說，當初主將學長主動聯繫請我協助調查神棍案件，倘若我已經有一份收入足以養活自己，大概有八成機率選擇婉拒，剩下兩成則是乖乖聽從指示過個水就當幫上忙了，不會按照我的希望全力以赴。

並非無情，只是我百分之百相信人脈廣闊的主將學長找得到其他人或其他方法來頂我的缺，而我真的需要積極保住飯碗，才不會變成下一個走投無路的笨蛋，給社會和他人增加麻煩。

目睹戴姊姊的悲傷無力讓我怒火翻騰。

戴佳琬帶來太多挫折，我需要找回自信，或者誠實一點地說——找人遷怒，許洛薇也一樣，她憋不住了乾脆提出某個天馬行空的點子，接著我用盡洪荒之力居然成功說服主將學長和刑玉陽同意出馬幫忙。

有萬能的學長在此，何愁大事不成？

「妳聽過某個ＦＢＩ心理測驗嗎？」我希望自己不要笑得太陰森。

Chapter 10 / 特殊約會技巧

高大帥氣的短髮青年手裡遛著黃金獵犬，身側纖細女子身高剛好略超過他的肩膀，並肩緩步的兩人不時談笑，路燈照出長長的倒影，有如一幅插畫。不時興奮暴衝的黃金獵犬總是在青年輕輕一拉牽繩時被迫停住，只能同樣悠哉地漫步。

明眼人都看得出來，英俊小夥子正配合著女伴腳步企圖延長相處時間呢！

「主將學長和戴姊姊看起來好配哦！」我陶醉地看著正假裝約會的警察與被害人，給自己按一個讚。

戴著魔術頭巾難得穿T恤牛仔褲的刑玉陽眼神很想揍人，於是形成了美形混混的氣質，他和我今天扮演兄弟。我抱著一顆籃球，長髮藏在棒球帽裡，穿著殺手學弟傾情奉獻的運動外套和球褲，許洛薇說效果很好，完全就是個衣服有點過大、渴望擺酷的國中小男生，和杏眼紅唇五官細緻、當大學生也沒違和感的刑玉陽相得益彰。

被禁止插一腳的殺手學弟正在幫刑玉陽看店，也算發揮了重要功能。

「這次妳受傷，鎮邦擔心妳難過才陪妳胡鬧，妳可別把捉弄柔道社學弟那套用到他身上。」刑玉陽臉上寫著「我怎會著了這白痴的道」，每隔五分鐘就要挑剔一次我的跟蹤技術。

「才沒有！我很嚴肅的！你不懂女生被跟蹤狂威脅時恨不得殺他一百次的心情！」我壓著帽簷低聲對刑玉陽說。

我小心地計算著和約會組的距離，就算他們因爲轉彎或紅綠燈暫時消失在視野中也毋須擔心，雙重跟蹤時我和刑玉陽會選不同岔路或暫時轉向其他方向，用同心圓的原理過濾出現得太頻繁的可疑人士。

短短兩星期，爲了抓跟蹤狂動員所有人走到街頭實戰這一步，回想起來眞有些不可思議。

釣魚路線經過事先規劃，戴家附近每一條道路巷子都被我們摸熟了，還沙盤推演怎麼攔下逃跑的汽機車。前置作業時我僞裝成附近住戶，用和現在差不多的打扮騎著租來的腳踏車，帶許洛薇沿大街小巷找孤魂野鬼打聽消息，除了調查長年騷擾戴姊姊的跟蹤狂線索，還兼顧攫取戴佳琬與她的倀鬼鄧榮活動跡象。

幸好調查是白天行動，主將學長和刑玉陽總算不那麼囉嗦。出太陽時鬼怪潛形不打緊，咱們貴精不貴多，晚上野鬼活動力強，許洛薇追不上，但白天能被她甕中捉鱉的必然是有固定躲藏地點的老住戶，省下我們一一過濾的麻煩。

我用妹妹舉辦了兩場葬禮來邀請陌生心上人的心理測驗，向戴佳茵說明新計畫宗旨：我要人肉出跟蹤狂，對他這樣那樣再那樣這樣！

只要那個跟蹤狂做出一滴滴能讓主將學長將他逮進派出所的舉動，主將學長就能拿到對方詳細私人資料，從車牌號碼、學歷到住址一應俱全，運氣好點查到假釋犯或已犯下其他案子還能將他送去吃牢飯清靜一陣，就算之前強暴未遂的案子告不成，也能讓管區警察多留意此人。

同樣是警察的主將學長開口，找人暗示一下變態狂威脅的可能是「警眷」，效果鐵定不一樣，軍警界行之有年的兄弟義氣先不管，警察本身超缺業績，沒有男人看得起欺負女人小孩的變態，哪怕不能將跟蹤狂與社會隔絕，長期牽制也好。

「其實之前戴姊姊回妹妹葬禮時就可能再度被ＳＴＫ盯上了，至少我們有必要驗證這次她到底有沒有被跟蹤。孤魂野鬼的口供指出這幾年的確有可疑男子定期在戴家附近活動，戴佳琬被帶回家到喪期，可疑人士出現的頻率也達到高峰。可惜那些鬼口齒不清，光問出這點情報就累死我們了。」ＳＴＫ是跟蹤狂的簡稱。

「找個男人和戴佳茵假約會就能誘出那個蟄伏十年的變態？」刑玉陽不以爲然。

「普通男人當然不行，現在是主將學長親自出手耶！」我鄙夷地看著刑玉陽。

他到底知不知道主將學長當年號稱柔道帝王、全校女生老公、全縣男性公敵、星探粉碎者的輝煌歷史紀錄？校園帥哥一籮筐，能讓超過五間學校的校花主動搭訕求聯誼，這種境界已經不是臉蛋身材可以解釋了，超凡武力與由內而外煥發的霸氣就是最原始的媚藥，可怕的是連愛慕校花的嫉妒者們都不得不承認，若他們是女生也想嫁給主將學長。

許洛薇的眼光就是這麼毒辣，就算得不到也是最好的。

這種開作弊器般的同性最能刺激跟蹤狂扭曲自卑的玻璃心了，所以主將學長打算和刑玉陽猜拳時，我當機立斷阻止了，堅持由他上場。

刑玉陽呵呵笑了兩聲對主將學長說：「你自找的，活該！」還打了我的頭一下，擺明瞧不起我和許洛薇聯合出品的擒狼計畫。

「既然戴姊姊答應守護那個家，跟蹤狂更不能不剷掉，否則他以後偽裝成房客入侵怎麼辦？等等，說不定他本來就是同間大樓的住戶，再不然就是和大樓住戶混熟以朋友名義出入，還用『那是我喜歡的女孩子』這種藉口請人幫忙留意戴家消息。」我試著假設那些令人不快的場景。「現在婚前調查不是很流行嗎？實際上沒有任何法律關係也可以請徵信社打聽，跟蹤狂不會錯過任何戴家的大動靜，那些都是機會，他現在一定就在附近守株待兔。」

「妳假設得未免太細緻了。」過了好幾秒刑玉陽才吶吶地說。

「廢話！到底想不想提升捕獲獵物的成功率，換作我是跟蹤狂就會這樣做。」記得進行罪犯側寫時我不假思索這麼說，結果大家看我的眼神都有點奇怪。

變態會無所不用其極尋找漏洞接近被害者，我們則必須無所不用其極尋找變態的漏洞。我一直覺得那個跟蹤狂是眞正的異常者，戴佳茵已經不是青春可愛的高中生，她甚至有個容貌更佳的妹妹，戴佳琬卻沒被騷擾，他的目標一直都是戴姊姊，這份執著彷彿在囁囁細語著最後她會死在他手上，達到終極的佔有。

犯人不是執迷某種類型，他是執迷戴佳茵本人。

主將學長擔心的是這個跟蹤狂已經拿其他女孩練手，藉此發洩戴佳茵潛逃時的怒火與慾望，想確認是否還有更多受害者就得逮到犯人。

長達十年的潛伏，或許還要更久，顯然那名跟蹤狂相當享受尾隨妄想的樂趣，後來暴力程度上升，他不顧後果襲擊戴佳茵，漸漸失控了，我看到刺激犯人露出馬腳的曙光。

「已經失敗過一次了。」刑玉陽說。

「在戴家裝修工程結束前，讓戴姊姊偶爾過來監工，預計可以進行三到四次的埋伏行動。往好處想，萬一都落空了，至少可以證明戴姊姊目前沒被跟蹤狂鎖定，搞不好變態自己出了意外之類，沒辦法再騷擾女生了。」經過鹹酥雞攤販，好想買一包……

忍住。我用剛開始長出新指甲的左手輕輕碰了碰刑玉陽，他本來警戒著周遭的臉這才轉向我。跟蹤時他一直開著白眼，這陣子都在戴家及附近一帶進行類似佔領城堡的活動，改造戴家和誘捕跟蹤狂同步進行，刑玉陽也得防著戴佳琬或她的斥侯。

許洛薇轉述附近作古街坊所言，都說沒見過像我們這麼具有攻擊性的撞鬼受害人，幾個當地陰靈勉強同意站在我們這邊，畢竟戴佳琬某種意味上算是食魂怪物。

陰靈並不會主動幫忙（智商不夠或缺乏力量和興趣），頂多不阻礙我們，我思量著戴姊姊成為家主的事若穩定了，可以考慮誘之以利，拉攏閒得發慌的孤魂野鬼當社區守望隊，不過這都得等到跟蹤狂的問題解決之後再傷腦筋了。

「什麼事？」刑玉陽問。

「萬一跟蹤狂跑去騷擾主將學長怎麼辦？」

「妳現在才想到這個問題嗎？」他看著我的眼神充滿不屑。

「不是啦！只是主將學長那麼強，本來以為他沒差，後來想想男生應該也討厭變態。還好你沒上去假裝戴姊姊男朋友，萬一變態跑去你的店裡鬧，我們就虧大了。」先前閒聊時聽過主將學長說老警察會傳授對付刁民的方法，我也覺得他是最適合的人選。

「放心好了，鎮邦巴不得跟蹤狂找他麻煩，我看他派出所待得挺無聊。」

「主將學長不是愛鬧騰的人吧？」我一直覺得我們家社長和同齡人相比，沉穩到令人奇怪的程度。

「他是號角響起會第一個衝出去的那種，不過，得要是真的號角響起。誰和他宣戰，他就一定要贏，麻煩的傢伙。」

哇，我好像聽到什麼不得了的祕密，「該不會你們每次對打，主將學長都要纏到你認輸為止？」

刑玉陽這時笑得好像蒙娜麗莎，看得我心底發毛。「我也不喜歡輸。」

「還好和他宣戰的是ＳＴＫ，那變態死定了。」和主將同一邊當小兵就是舒服！

「不，和他宣戰的是妳，蘇小艾。擦亮眼睛等著瞧吧！」

「我哪有！」

「妳幫他抓到兩個神棍，按他的個性不回贈一個跟蹤狂不會善罷干休。」刑玉陽忽然隔著棒球帽按住我的頭朝斜前方小巷子一轉，巷口走出一個戴著帽兜的男人，看不見長相，體格胖碩。

「是他嗎？」我屏息緊張起來。

「八九不離十，這傢伙開租來的車經常出現在社區裡，上次出現時是不同的車，出租車舊牌編號都有重複的英文數字，新制是Ｒ開頭，可以留意一下。大概發現開車不容易尾隨，停車改步行，上次他可能跟丟目標了。」

爲什麼男生可以把認車牌當成常識？一生都買不起房車的我腹誹。

「你之前怎麼沒說！」

「路上出租車一堆，一次說不定是偶然，但兩次都在我們行動時出現還疑似在附近繞圈。

戴佳茵已確認跟蹤狂是男人，該駕駛目測擁有作案能力，剛剛決定將他列爲嫌疑犯。」刑玉陽拿出手機傳遞最新情報：「鎮邦，穿著墨綠帽兜外套的嫌疑人朝你們過去了，找地方坐著約會，我們會選適合位置守望。」

「了解。」站得近的我也聽見主將學長從手機傳出的聲音。

跟蹤是門專業活，躲電線桿後面基本上是搞笑，換言之，跟蹤狂本身不見得是跟蹤高手。單人作業意淫目標時更容易顧此失彼，只要了解掠食者依賴被害者疏於防範的習性，鑽空子不難。再說，我和刑玉陽外表都不像便衣警察，刑玉陽只要不在晚上戴墨鏡，再把美貌遮起一半，扮演路人還算湊合，經典道具黑框眼鏡找許洛薇拿，不同款式任君選擇。

忘了說，只有我和刑玉陽知道，其實誘捕行動安排的是三重跟蹤！

萬一跟蹤狂沉住氣沒上前攻擊——這是最有可能的情況——許洛薇此刻已經過去他租來的車旁邊等著了，不管是住家還是暫時的藏身之處，小花的ＧＰＳ定位項圈加上許洛薇全程跟蹤，就不信咬不住目標！

事後再向主將學長傳遞跟蹤狂據點，不管媽祖託夢還是王爺託夢有得是藉口。面對主將學長時我的演技總是有點難發揮，幸好殺手學弟會替我解決不合理的小細節，戰略目標是讓跟蹤狂暴露在警察大哥們的注意範圍！

原本不抱希望只爲了義氣跳坑的戴佳茵，聽完全套計畫表情都變了，決定穿高跟鞋來約會，並希望抓到變態時給她一分鐘時間噴噴防狼噴霧，戴姊姊很遺憾電擊器違法。

她好不容易相信我們，絕對不能漏氣！我握起微微發抖的指尖，那是蓄勢待發的興奮。

「許洛薇上次建議我們分別在旅館各訂一間房這招眞夠陰險，根本是攻擊變態心理弱點。戴姊姊睡我的房間，身上帶著你借來的筆型反監聽監視機器，隔天再和主將學長一起出旅館，他把人直接送去火車站，再教她中途下車改搭巴士多轉幾趟路線回家。我們可以去當間諜～」

至於主將學長只是坐個一站就回來了。

陪著探親過夜的超優質男友到底能發揮多少威力？敬請拭目以待。

和我的雀躍相比，刑玉陽卻是憂思重重，連帶我也感到壓力了。

倘若第一次跟蹤狂就已經出現，第二次假約會時犯人受不了刺激露出馬腳的機率自然上升，如今看來假設成功，意味著跟蹤狂對戴佳茵的跟監相當密集連續，壞事總是容易成眞！

一旦鎖定跟蹤狂的眞身，計畫就已經成功了一半，主將學長和刑玉陽包括我都會在戴姊姊指認該人就是強暴未遂的犯人那一瞬衝出來逮住他。

我們前往社區活動中心，旁邊有處附帶噴水池和長椅的公園，經常有散步的情侶過去歇息聊天，按照目前移動路線，主將學長應該會選擇那裡作爲戰鬥位置，空曠環境中的追逐戰對我們有利。

我和刑玉陽隔著樹叢埋伏，不遠處主將學長與戴姊姊正坐在長椅上聊天，戴姊姊拿著一塊可麗餅小口吃著，主將學長則斜倚著椅背寵溺地凝視佳人。

明知他們這麼做是為了拉長誘捕時間的合理活動，我有點罪惡地品嘗著圍觀主將學長的滿足感。說起來主將學長都畢業這麼久了，還是經常變成我們練習時的談資，這麼有趣的事眞想和老社員分享啊……

「專心點！」刑玉陽發現我走神了，用力拍打我的頭。

夠了！我又不是籃球！

「ＳＴＫ應該在公園斜對面的路口偷窺吧？我們怎不跟在他後面？」我和刑玉陽在跟蹤意見上有些分歧，不過距離已經很近了，我還是相信他的判斷。

「第一，打草驚蛇就做白工了。抓住他不難，難在之後怎麼保證戴佳茵的安全。」

「理想選擇當然是送他坐牢啦！」

「所以第二點，必須確定他就是襲擊戴佳茵的犯人，這一點最好由本人親自指認，畢竟不是沒有懷疑錯人的風險，最糟的是眞凶也在附近觀察我們，若失手，以後同樣招式就沒用了。」刑玉陽用呢喃般的音量替我上了一堂課。

不久前我經歷了某些黑暗又粗礪的暴力恐怖事件，關於那些殺人與傷人的陰靈眞面目，我與許洛薇不是沒猜中過，眞實動機卻是想都想不透，導致懷疑始終只是懷疑，和瞎猜沒兩樣，連我自己都不相信這些推理。

「可是ＳＴＫ如果不主動出現在戴姊姊面前，我們就只能執行讓許洛薇跟蹤他的備用方案了。」讓跟蹤狂變成現行犯對我們當然是最有利的發展。

「看鎭邦的表現。」刑玉陽拿下粗框眼鏡，低低抱怨：「眞想叫那變態賠我這些天的營業收入和睡眠時間。」

刑學長，敢情你的起床氣還能分期付款嗎？

就在這時，一直注視著戴姊姊的主將學長朝她傾身，長臂繞過女子肩膀，指尖靈巧地拉出她不愼吃進嘴角的幾絡髮絲，然後就這樣搭著她身後的長椅背，若有似無將她環在懷中。

「吃到頭髮了。」男子臉上輕鬆自然的微笑堪比裝甲車。

明顯看出那塊可麗餅在戴佳茵手中滑了一下，她還用力掐住了紙袋。

我吹了個無聲的口哨，戴姊姊鐵定被電到了。

「沒想到主將學長很會耶！」

那好像有抱到又沒抱到的動作，從跟蹤狂的角度看就是攬抱，隨時會拉過來親吻的感覺。

「廢話，都交過女朋友的人了，只有妳是無知兒童。」刑玉陽鄙夷地說。

「你今天幹嘛一直吐槽我？」沒能耍帥因此嫉妒主將學長嗎？虧我認為刑玉陽對女生沒興趣，還替他慶幸這樣的任務分配能避免尷尬。

「妳這主意雖然有效，但很餿。」刑玉陽誠實地評價。

不知哪來的心領神會，我居然在這時聽懂刑玉陽的意思。

「我沒打算湊和他們啦！戴姊姊有自己的想法，不會像她妹妹依賴你一樣胡亂愛上主將學長，這是我的直覺！可是刑學長，我們不幫戴姊姊的話，就算逃到天涯海角她一樣撐不了多久。」

「說下去。」

「戴姊姊被跟蹤狂襲擊那晚，室內沒開燈，她又嚇得歇斯底里瘋狂掙扎，其實無法完全確定跟蹤狂的長相，導致警察不好抓人，戴姊姊一直覺得是自己的錯。她說怎能靠這麼近都看不清楚，但這種情況也可能發生不是嗎？」

這個心結一天不打開，戴佳茵就像我的父母瀕臨失控那時一樣岌岌可危。

「那麼她認不出襲擊自己的人了？」

「親眼看見、近距離接觸她有把握認出來，她的跟蹤狂印象是綜合的，比較破碎，不容易對警察描述。她說那人的眼神氣質和聲音口吻永遠忘不了。我擔心戴姊姊對男人有陰影，你不用煩惱她挑這時候對主將學長發花痴，我覺得她態度自然已經算很給你們面子了。」這也是戴姊姊溫柔的表現，我是這麼想的。

我解釋了許洛薇的理論，女孩子其實不容易愛上太好看強大的異性，當成偶像崇拜要輕鬆些，就像現實中眞的敢追許洛薇的男生沒想像中地多，何況主將學長年紀還比戴姊姊小。

主將學長和刑玉陽無疑就是這種稀有品種，套句許洛薇的格言：「極品腹肌的存在是爲了普渡眾生。」除非是像主將學長前女友那般強大的武力外加嫉妒心，才鎮得住這種優質男人，而要能鎮住許洛薇的男人最低下限不能比我弱，遺憾的是她直到死前都沒遇到眞心讓她投降的戀愛對象。

「不過他們要是擦出火花也不錯啦！嘿嘿。」我對跆拳道學姊甩掉主將學長這件事耿耿於懷，雖說人類沒有男女朋友也不會死，但他是我大學時代迄今最敬愛的柔道社長，巨大生活壓力中能有個人對主將學長傾注柔情關懷，當後輩的也比較放心。

戴姊姊身上有股溫柔的感覺，連我也很受用，否則我們不會心甘情願加碼幫她，倒不是說她笑臉迎人八面玲瓏，更貼近某種潛在人格特質，有些冷冽的溫柔，這份女性魅力稱得上男女通吃，不知是否因此招來跟蹤狂？

我以為許洛薇會在意她是戴佳琬的姊姊，但許洛薇也說戴佳茵可以幫，人精似的玫瑰公主都認可了，我對戴姊姊的評價自然很好。

「蘇小艾，自作孽不可活，別說我沒警告過妳了。」刑玉陽閉起白眼，他的靈眼發動時會影響正常視覺，現在恢復深棕色雙眼就是準備戰鬥了。

「厚，我也知道亂插手朋友私人感情很沒品，這邊我保證只是樂觀其成。」我自己就討厭被人八卦感情問題，趕緊對刑玉陽解釋。他一臉冷笑沒再多說什麼。

「等下給我乖乖待著，接應戴佳茵，有必要時打110。」刑玉陽說完挪開腳步。

跟蹤狂開始走近主將學長他們，刑玉陽則藉夜色與樹影掩護往他後方區域悄悄移動，看樣子打算和主將學長形成包圍之勢。

「不要碰她！她是我的女人！」兜帽男一上來就咆哮著。

我隱約覺得情況不太對，這傢伙未免太激動了，就算跟蹤狂很高大，體重更超過一百公斤，主將學長光看就不弱，他一個虛胖肉墩憑什麼敢對主將學長大呼小叫？

學校附近的土地公廟旁曾經有飆車族聚會，當地人相當困擾，主將學長居然就叫我們穿上道服帶隊夜跑，經過飆車族旁邊還大聲報數，本來應該很恐怖的情況，我卻奇異地毫不害怕……咱更怕社團裡的黑帶下手不知輕重被警察伯伯請去喝茶！重點是，那些飆車族沒半個敢用眼睛「青」主將學長，更遑論找麻煩了，如此跑個幾趟，飆車族再也沒出現。

生物本能會區分強弱，面對強者的威脅便會退縮避免受傷，敢和開始冒殺氣的主將學長對視還不知死活呼喝的人，不是傻子就是腦袋不正常。

面對跟蹤狂的叫囂，主將學長不爲所動，挑釁地笑了笑，戴姊姊臉色迅速地白了下去，五官厭惡，胸口起伏不住吸氣，隨時可能尖叫出聲。

「就是他，我確定。」戴佳茵小聲激動地說。

「辛苦了，等我一動手，妳就往小艾的方向跑，小心別受傷。」主將學長故意湊在她耳畔囑咐，不浪費時間繼續火上澆油。

下一秒兜帽男拿出一把改造手槍指著主將學長。

主將學長立刻扣住戴姊姊肩膀往地上一撲，槍聲響起。

他竟直接開槍了！

刑玉陽怒喝一聲用最快速度衝向兜帽男，並在對方應聲回頭時朝他扔去一塊石子，跟蹤狂被激怒，握槍轉身又朝刑玉陽開了兩槍，幸好一槍落空，另一槍只擊中刑玉陽身前地面。

電光石火間刑玉陽已捉住兜帽男，喀擦一聲將他扭壓在地，從跟蹤狂不停哀叫可知他右手脫臼或斷了。

我一身冷汗卻叫不出聲，只能站在原地。

剛才刑玉陽、主將學長和戴姊姊可能會死！這個念頭像蠍子一樣螫著我。

再怎麼縝密的計畫，自恃能徒手制伏歹徒，卻沒想到萬一對方有槍、不在乎坐牢呢？

主將學長必須保護戴姊姊，當時他們沒有迴避空間；刑玉陽必須迎著槍口往前衝，因為他不想讓跟蹤狂屠宰手無寸鐵的好友和被害者，事情發生得太突然，甚至沒有猶豫的時間，動作夠犀利才能保住一命。

主將學長挪開身子，要戴姊姊先避開，她完全嚇壞了，淚水在眼眶中打轉，現場瀰漫著硝煙味與令人作嘔的惡意。

戴佳茵站了起來，卻是走向帽兜男，用力踢向側腹。

「去……去死吧！變態！你算什麼男人！不要臉！」

她一聲接著一聲怒罵，直到嗓子沙啞，這番發洩卻讓氣氛鬆動不少。

坦白說，我也嚇壞了，直到主將學長叫我過去才失魂落魄地挪動沉重的雙腿。

「小艾，妳帶她去旁邊休息，不要走遠，我叫派出所同僚來支援，等一下會請妳們做筆錄。」主將學長說完拍了拍褲管上的泥土。

「學長你們確定沒受傷嗎？」我不停打量他們身上有無出現血跡。

「沒事，別擔心了。」他摸了摸我的頭，大手暖暖的。

那一瞬我真的很想哭。

接著兩個學長無視腳邊的跟蹤狂交換了幾句對話。

「我們運氣真好。」主將學長說。

「啊，是的。」刑玉陽扯了扯嘴角。

「要是讓那變態再多開幾槍，就算沒死也難免要中彈了。」主將學長走過去接手控制，一腳跪壓在跟蹤狂背脊中央，哀叫頓時消音，只剩下喘不過氣的窒息呻吟。

事情比想像中更加順利地結束了，這次捕獲跟蹤狂的行動卻在我心中留下陰影。

無論如何，大家彷彿闖過某道關卡，人人如釋重負，那天我們一起去吃了慶功宴，連我都乾完一瓶啤酒，天曉得我根本滴酒不沾。

反正有許洛薇在，我趴在餐桌上安靜地睡著了。

□

轉眼舊曆年快到了，戴家裝修工程在將近兩個月敲敲打打後總算迎接落幕。

戴先生守信地吐出一筆錢翻新客廳與戴佳琬的房間，裝潢師傅們遵守只在白天施工的原則，將其中一間臥室小窗打掉，改成幾乎佔據半面牆的橫向防水氣密窗，並加裝外凸的封閉式欄杆窗檯和雨遮。

我則和戴姊姊前往戴家參與監工布置，也陪她在旅館過夜。這時我才知道戴姊姊做的是五花八門的約聘工作，大多是一年約，有時待不下去也會提早辭職，目前則在南部某家數學補習班當櫃檯。

也不是次次都搭火車北上，除非當次安排的時間眞的不夠用，否則戴姊姊還是開著她那輛裝滿生活用品的二手車載我同行，既省了我倆的車票錢，也免去我暫時適應不了大眾交通工具的困擾，最最要緊的是，住起汽車旅館不會那麼肉痛。

旅館費用和油錢都由戴姊姊出了，她還很不好意思地說沒辦法給我保鑣酬金。

「沒關係啦！我就當出來玩，還不用花錢呢！」這是眞心話，而且戴姊姊沒發現我還挾帶了一個問題兒童許洛薇，紅衣女鬼玩得可樂了。

更加深入與戴姊姊往來後，我和許洛薇都開了眼界，許洛薇愛死戴姊姊那輛舊車和帳篷汽化爐，直誇超級吉普賽，要是台灣爆發喪屍狂潮可以直接逃難；我則酸澀地明白，戴佳茵的確一直在逃難，她目前所過的生活就是我想像著自己有朝一日會面對的情況，而且還是比較理想的估計，我羨慕她起碼還能自立。

趕路時戴姊姊會應我的要求說些顛沛流離時的生活細節，不知她是否聽得出我想列爲自己無家可歸時的參考，但她總是盡量挑些有趣面向描述，或者將悲慘狀況盡可能說得驚險刺激，比如說強颱壓境時剛好房間租約到期只能住車上，本來悲泣的她後來反而覺得好笑。

——哎呀，小艾，妳不知道隔著濕淋淋的車窗看那些颱風天硬要出門被困在路上的路人眞的很好玩。

戴姊姊那孩子般的口吻讓我心蕩神馳，立刻就央求她下次颱風天帶我去睡車子，她回了我一句傻瓜。

儘管想效法戴姊姊，我卻有學貸沒還，或許豁出去除了吃飯睡覺以外都工作可以賺到更多錢，但我心知肚明那樣的日子過不了太久，頂多一年我就會如了冤親債主的願自我了結。

大學時期爲了設計系材料費和生活費，又要兼顧打工和課業以及照顧許洛薇償還許家恩情，其實有好幾次我已經將自己逼到懸崖上，幸好那時冤親債主還沒找上我。畢業後會有點耍廢地留在老房子和在學校附近打工，實在是我已經徹底喪失走出去的力氣，雖然日子難過，萬幸命運尙且容許我得過且過。別的不說，不收房租水電的免費住處根本是天上掉下的餡餅，我不巴著這塊餡餅只有餓死的份，自然順水推舟地受用了。

戴姊姊就像進化版本的我，我擁有代替雙腳走得更遠多點求生能力的老機車，她則是有輛勉強遮風避雨的小車，我們都像最終滅絕的尼安德塔人，對未來不抱期待。最令人受不了的是，即使想磕磕絆絆挺直背脊靠自己活下去，其實都是件非常艱難的事，難怪戴姊姊必須把握每個賺取收入的機會了。

即使還不知能否找到願意進駐的男房客，那一半的房租外快的確很有吸引力。

我與戴姊姊站在戴佳琬的臥室中，這裡已經被我們布置得形同小溫室，一度淨空過的房間隨著被重新粉刷過的報廢桌椅進駐，產生嶄新視覺效果，不放床鋪因此感覺寬敞多了，這些桌椅面與牆面俱被我們用盡心思或擺或吊掛著耐命的懶人植物。

我們用向大樓住戶討來的各種玻璃罐裝著迷你多肉植物與黃金葛，石斛和風雨蘭則種在窗檯外，甚至還有幾株蝴蝶蘭幼苗。我教戴姊姊將蘭花幼苗用樹皮種在剖半的透明寶特瓶，再放進盛水的瓷碗中，如此一來這些植物即便沒有天天照顧，也能撐到戴姊姊每次回戴家例行打理。

我在「虛幻燈螢」裡學會了不少ＤＩＹ懶人植物照料法，包括自製容器和用水盆吊棉線等等，刑玉陽可沒有閒情逸致天天蒔花弄草，那是給客人吃氣氛加上淨化空氣的配備。

「這些雖然是常見品種，但好養又容易繁殖，以後開花或葉子多了就會很漂亮，刑學長那邊還有很多小苗和植物可以拿。我朋友家的院子也有一些蕨類和玫瑰，感覺種起來會不錯，要不等以後房客想種我也拿來分享。」我興致勃勃地提議。

「謝謝妳，小艾。」戴姊姊有些害羞地說。

「不客氣，我們才要謝謝妳願意接管戴家。」我和刑玉陽不是專業驅魔人，只好把家屬也拖下水來個釜底抽薪才能自保。

「依然沒有那個女人的消息，她還活著嗎？」戴佳茵輕聲自言自語。

戴太太就這樣失蹤了，娘家竟也不聞不問，不知是否戴佳琬已騙住他們不聲張追究，默認夫妻分居的狀態，抑或娘家同遭毒手？總之現在的我們鞭長莫及。

「戴佳琬需要有活人幫襯處理事情，應當不會隨便殺她。」從現實層面考量，我不覺得戴太太有生命危險，至少目前還不是時候。戴佳琬附身能力再怎麼強，也不是每個人都適合被她長時間且輕鬆地控制，何況主導這麼多慘劇後，她現在應當煩惱如何補充力量。我不認為她會貿然進行太耗能的行為，甚至可說她控制戴太太就是為了更好地掩護自己。

戴佳茵聽了我的話苦笑。「如果沒有你們，現在可能連我也被控制了。」

「雖然是權宜之舉，戴家的祖先牌位就請姊姊妳帶回租屋處祭拜吧！說不定會成為保護妳的力量。」之前我和刑玉陽並未看見任何戴家先祖魂靈，這個烏煙瘴氣的家沒獲保佑雖不意外，卻意味著即便由戴先生來祭祀神主牌也不會有任何效果，更何況若想將房間出租，神主牌也得挪挪位置了。

「我只是被領養的小孩，和戴家先人沒有血緣關係。既然小艾你們這麼建議，無論有沒有用我照做就是。」她好脾氣地應允。

我心中一動，鬼使神差地問出口：「妳覺得主將學長怎麼樣？」

許洛薇在旁邊瘋狂搧打我的後腦勺，大概認爲我要把她的腹肌拿去送人了，除了有點涼以外，不痛不癢。

主將學長和戴姊姊日常交集嚴格說來少到幾乎沒有，只要其中一個對對方有好感，我都很樂意幫忙拉近關係，女生之間聊戀愛話題很正常，我就開門見山替主將學長探聽了。

戴佳茵有些訝異，她思考片刻答道：「鎮邦是很有正義感、長得也很好看的男孩子……」

「可是？」語氣聽起來不樂觀，戴姊姊目光有些意味深長，是不是覺得我太雞婆了？

「我對年紀比我小又太強勢的男生沒興趣。」戴姊姊爽快地打回票。

我有種主將學長神話破滅的滄桑感，公平起見也幫另一個問問。

「那刑學長呢？」

「……」

爲何無言遠目連表情都放空了？刑玉陽比主將學長更糟？戴姊姊妳回頭看看我啊！

「理由同上。不過有機會妳可以建議玉陽對喜歡的女孩子溫和一點，這樣交到女朋友時才走得長久，別說是我講的。」她吐了吐舌尖說。

逮住跟蹤狂後，戴佳茵宛若脫胎換骨般積極開朗不少，日子有了盼頭就是不一樣。

我和戴姊姊合力辦了新的入厝儀式，發現時候不早了，爲了趕在天黑前撤出，說定她負責打掃環境，我則去頂樓將金紙化掉，順道打點孤魂野鬼。這部分不希望她在場，之後保持電燈亮整夜，明早再來關燈，初次管理作業就算過關。

找了處風吹不到的角落開始燒紙錢，一張張仔細地摺起投入火焰，天色還很亮，我並不著急，等許洛薇檢查完整座公寓大樓還有好一陣子。

此刻戴佳琬並不在這裡，我依舊有些話想對她生活過的地方傾訴。還欠戴姊姊一個約定，原本要替她當面向戴佳琬劃清界線，誰知戴佳琬根本不給我開口機會，後來戴姊姊回來接受長女身分，也不知約定還作不作數？

仔細想想，那個綁架我的烏黑怪物早就不能說是人類亡靈，更像一個以戴佳琬爲主，混雜了魙、鄧榮、負面情緒和不明變質成分的污穢邪祟。

關於她體內的眼球，堂伯和刑玉陽得出了很接近的結論，大概是某種業障。戴佳琬對「眼識」的貪婪導致她能輕易發現人心弱點，觀看他人心象風景，生出許多顆眼睛有如渴望看見更多。她到底想看見什麼？

這個問題我在跟蹤狂入獄後才豁然開朗。

戴佳琬想要最大程度地凝視被她獨佔的人，享受所有物就在眼前的快感。「我來這裡是爲了弔祭在精神病院時還活著、直到上吊自殺的戴佳琬，那個她還是人類。有人說她對姊姊的傷害並非刻意爲之，只是不知所措，我願意相信這一點，不過——這段姊妹關係僅限於兩個人都活著時。戴佳茵要對那個她沒能拯救的妹妹說對不起，但是她關於妹妹的回憶已經足夠了，許多事情她不怪妹妹，但也請妹妹不要怪她，因戴佳茵已經自顧不暇。」

回答我的只有獵獵作響的風聲。

「遲早有一天妳會忘了自己是誰，變成沒有五官和名字的怪物。這個地方屬於戴佳茵，將來會有許多花朵的房間是她懷念生前的妹妹所布置的紀念室。『戴佳琬』已經死了，如果妳希望『戴佳琬』還能好好地留在某個人心中，就不要再回來污染這份姊姊爲妹妹保留的回憶。」

我不知道戴佳琬是否能聽見這段話，或許她未來還會偷窺我或戴姊姊的夢，此時我衷心希望她能聽進我的告誡。

戴姊姊絕對不能對亡妹有一絲心軟，因爲戴佳琬會實現妳的願望。

想得到女人的鄧榮，戴佳琬將他融入體內，成了自己的一部分。

想要女兒隨侍左右乖乖聽話的母親，戴佳琬也眞的將她帶在身邊，讓她只能接觸依賴亡故的小女兒。

有時我會懷疑，既然鬼有壽限，虛妄的官能會變異退化，偏執地找蘇家後代報仇的蘇福全和不斷掠奪的戴佳琬執著理由之一，會不會是不想忘記自己是誰？

火焰一明一滅彷彿呼吸般吐出熱氣，想起今天早上睡眼惺忪時掠過腦海的意象，一尊白瓷娃娃從高空墜落，許多手伸出來想要接，有的沒接到，有的接到後又鬆了手，我也伸手去接，摸到冰涼瓷皮，瓷娃娃卻在穿透我的手之後摔了個粉碎！

冒著冷汗去浴室梳洗，無心再賴床，我坐在牆角藤椅上發愣，手心還殘留著錯愕遺憾的感覺。

摔碎就是摔碎了，甚至連夢境都稱不上，我已經醒了大半，只能說是設計系出身的慣性圖像聯想。

等紙錢全數燃盡，我用瓶裝水澆熄熱灰，從口袋裡拿出一隻僅兩指寬的小小紙鶴，將壓平的雙翼重新拉展擱在圍牆上。

摺出一隻紙鶴，希望能逆轉這份墜落，終究僅是以幻想對抗幻想，現實的我貧乏得可笑。

「戴佳琬，我對妳的同情到此爲止。從今以後我跟妳就是仇人，妳要是敢再動我身邊的人，我做鬼也不會放過妳！」說完這句話，我默然咬緊牙關，過了一會兒才漸漸鬆開。

「爬了這麼多階梯都快看到天堂白光和鴿子了！小艾——妳好了沒？」許洛薇一邊抱怨著逃生梯虐待鬼腿一邊朝我走來，報告安全檢查過關。

「好了好了。」我最後瞅了那隻小紙鶴一眼，跟著許洛薇下樓找戴姊姊會合。

傍晚離開時大樓周遭一直颳大風，那隻紙鶴應該早就被吹掉了。

玫瑰公主牽著我的手，像輕撫著一張被露水染濕的紙，若有似無，我悄悄地反握，還有一段好長的路要走，曾幾何時，我開始期待明天會發生什麼。

《玫瑰色鬼室友．狂靈隨行》完

下集預告

「妳和薇薇很像。」
「我想當主角的好朋友，默默守護她。」

醜小鴨變白玫瑰，許洛薇高中時代的祕密終於揭曉。
少女們的友情走向瘋狂與死亡，被留下來的她選擇了與眾不同的祭奠方式，卻是再度改變自我……

玫瑰色鬼室友

vol.4 昔日病因

今年春夏 熱烈登場！

國家圖書館出版品預行編目資料

玫瑰色鬼室友.卷三,狂靈隨行 / 林賾流 著.
——初版. ——台北市：魔豆文化出版：蓋亞文化發行，2018.05
面； 公分.（Fresh；FS155）
ISBN 978-986-95738-7-0（平裝）
857.7 107005753

fresh
FS155

玫瑰色鬼室友 vol.3 狂靈隨行

作　　者　林賾流
插　　畫　哈尼正太郎
封面設計　莊謹銘
責任編輯　遲懷廷　主編　黃致雲
總 編 輯　沈育如
發 行 人　陳常智
出 版 社　魔豆文化有限公司
發　　行　蓋亞文化有限公司
地址：台北市103赤峰街41巷7號1樓
電話：02-2558-5438　傳真：02-2558-5439
電子信箱：gaea@gaeabooks.com.tw
投稿信箱：editor@gaeabooks.com.tw
郵撥帳號 19769541　戶名：蓋亞文化有限公司
法律顧問　宇達經貿法律事務所
總 經 銷　聯合發行股份有限公司
地址：新北市新店區寶橋路二三五巷六弄六號二樓
電話：02-2917-8022　傳真：02-2915-6275
港澳地區　一代匯集
地址：九龍旺角塘尾道64號龍駒企業大廈10樓B&D室
電話：+852-2783-8102　傳真：+852-2396-0050
初版一刷　2018年5月
定　　價　新台幣 240 元
Published and printed in Taiwan

ISBN 978-986-95738-7-0

FS155

玫瑰色鬼室友

vol.3 狂靈隨行

魔豆文化　讀者迴響

感謝您在茫茫書海中選擇了魔豆，您的支持是我們最大的動力。
不要缺席喔，讓我們一起乘著夢想的羽翼，穿越時空遨遊天地！

姓名：　　性別：□男□女　　出生日期：　年　月　日

聯絡電話：　　手機：

學歷：□小學□國中□高中□大學□研究所　　職業：

E-mail：　　（請正確填寫）

通訊地址：□□□

本書購自：　　縣市　　書店　□網路書店

何處得知本書消息：□逛書店□親友推薦□DM廣告□網路□雜誌報導

是否購買過魔豆其他書籍：□是，書名：　　□否，首次購買

購買本書的動機是：□封面很吸引人□書名取得很讚□喜歡作者□價格便宜□其他

是否參加過魔豆所舉辦的活動：
□有，參加過　　場　　□無，因爲

喜歡出版社製作什麼樣的贈品：
□書卡□文具用品□衣服□作者簽名□海報□無所謂□其他：

您對本書的意見：
◎內容／□滿意□尚可□待改進　　◎編輯／□滿意□尚可□待改進
◎封面設計／□滿意□尚可□待改進　　◎定價／□滿意□尚可□待改進

推薦好友，讓他們一起分享出版訊息，享有購書優惠
1.姓名：　　e-mail：
2.姓名：　　e-mail：

其他建議：

◎請沿虛線剪開、對摺、裝訂後寄出

◎請沿虛線剪開、封口、裝訂後寄出

廣告回信郵資免付
台北郵局登記證
台北廣字第675號

魔豆文化有限公司　收

103台北市赤峰街41巷7號1樓

魔豆

魔豆